500匹と暮らした文豪

大佛次郎と猫

監修　大佛次郎記念館

小学館

横浜市の大佛次郎記念館正面に鎮座する、通称“エジプト猫”。フランスのルーブル美術館が所蔵している、古代エジプト「雌ネコ」のレプリカです。

目次

親交のあった仏文学者・鈴木信太郎（1895～1970）が篆刻《てんこく》し、大佛へ贈った印。大佛が自宅のことを表した造語「含蟬廬《がんせんろ》」という文字が彫られています。「含蟬」は猫の異名、「廬」はいおりという意味です。

第4章 猫の「おもちゃ絵」……75

◉志《し》ん板《ばん》猫の湯 作者不詳……75

猫友達だった木村荘八《しょうはち》……76

◉猫の銭湯 木村荘八……77

◉新板《しんぱん》猫乃温せん 歌川芳藤……78

◉志ん板ねこづくし よし盡……80

◉新板猫のたわむれ 小林幾英……82

◉志ん板くるまづくし 作者不詳……86

◉新板子供猫あそび 作者不詳……88

◉新板角力《すもう》ぢん句 四代歌川国政……90

◉志ん板猫のけいこ所おさらい 作者不詳……92

◉志ん板猫の大かぶき 信輝……94

◉新吉原貸座敷繁栄之図 驤齊貞房……96

◉志ん板猫のよめ入 歌川芳藤……98

◉志ん板猫の御婚礼 歌川国利……100

国芳の猫浮世絵も！

◉古猫妙術説《ふるねこみょうじゅつをとく》 歌川国芳……102

◉題名不詳 歌川芳藤……103

◉其《その》まゝ地口《じぐち》 猫飼好五十三疋《みょうかいこうごじゅうさんびき》 歌川国芳……104

おわりに 「猫屋敷の内側」 野尻政子（談）……108

大佛次郎略年譜、大佛次郎記念館……110

コレクション拝見

猫の絵馬……29

猫アーティストの元祖・河村目呂二《かわむらめろじ》作の猫あんか……38

黒猫三態……45

江戸の「丸〆猫《まるしめねこ》」、浪花《なにわ》の「初辰猫《はったつねこ》」……51

鞠《まり》遊び……59

異国猫……64

木彫猫……74

◎大佛次郎の文章は、徳間文庫『猫のいる日々』を底本としています（最初は1978年に六興出版より刊行）。
人権・職業・身体等に関する表現で、今日から見れば不適切と思われる表現がありますが、時代背景と作品価値とを考え、故人の文章でもあるので、そのままにしました。
◎文の見出しは、エッセイの内容に合わせてアレンジしたものです。正式な作品タイトルは文末に示しています。
◎本書に掲載している作品（置物、写真、絵など）で、とくに記載のないものは、すべて大佛次郎記念館の所蔵です。
◎猫の置物のサイズは、哺乳類の体の大きさの計り方に準じて、頭から尾のつけ根までの長さ「体長」で示しています。尾の長さは含んでおりません。また縦型のものは、耳の先から足までの「体高」で示しました。

はじめに

『鞍馬天狗《くらまてんぐ》』『パリ燃ゆ』『赤穂浪士《あこうろうし》』などの小説で知られる国民的作家・大佛次郎《おさらぎじろう》（1897〜1973）。たいへんな愛猫家としても知られ、一緒に住んだ数は、500匹を超えるといわれています（40ページ参照）。家には常に10匹以上の猫がたむろしていたそうです。猫について書いた読み物は約60編あり、童話『スイッチョねこ』は、今なお愛されているロングセラーです。《用がなければ媚《こ》びもせず、我儘《わがまま》に黙り込んでいる。（中略）こうした沈黙の美しさが感じられるひとならば、猫を愛さぬわけはない》と述べているように、大佛が猫に向ける眼差《まなざ》しには、桃源郷を夢見る文人のような雰囲気すら感じられます。この本では、そんな彼が蒐集《しゅうしゅう》した300点にものぼる猫の人形や絵などの中から厳選し、エッセイや写真とともに掲載しました。生涯の歩みを共にした、愛すべき猫たちの姿をご覧ください。

1936年（39歳）。庭で黒猫2匹と戯れているところ。

横浜市の大佛次郎記念館（111ページ参照）のロビーには7つのランプがあり、大佛の遺品の中から選ばれた猫の置物がのっています。ランプはイギリスの美術評論家ジョン・ラスキンによる、建築の基本的な考え方「建築の七灯」を表していて、それぞれの言葉に合った猫が記念館を見守っています。

犠牲

服従

記憶

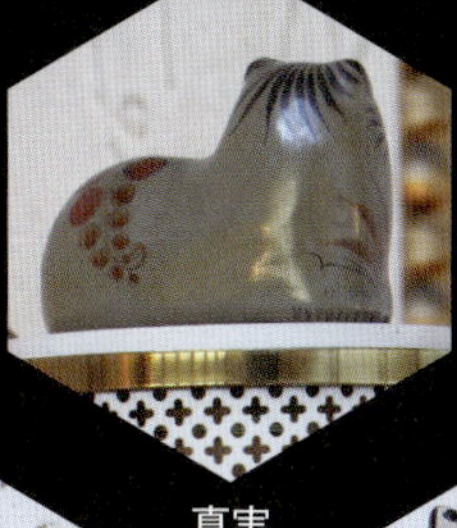

真実

力

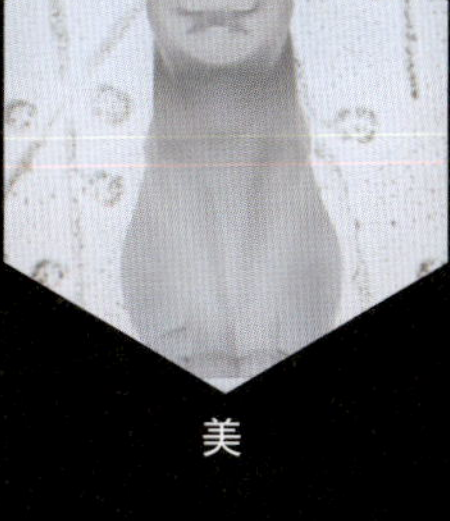

美

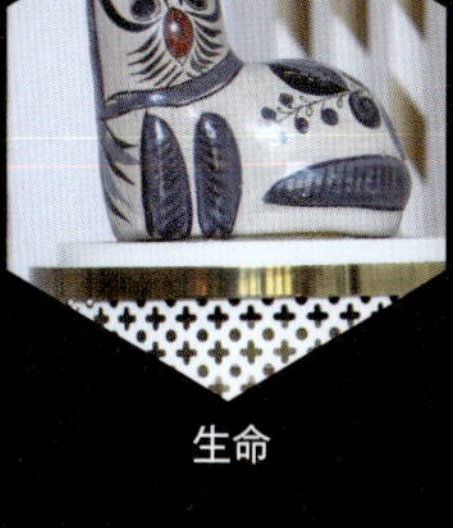

生命

1935年（38歳）、猫を愛用のライカで撮影する大佛次郎。彼自身が撮影した写真も残され、アルバムに「長子さん」「ふうちゃん」「ボンくん」といった名前が書き込まれている猫もいます。

第1章 猫との暮らし

1930年のエッセイ「黙っている猫」の冒頭で《猫は、ものごころのつく頃から僕の傍《そば》にいた。これから先もそうだろう。僕が死ぬ時も、この可憐《かれん》な動物は僕の傍にいるに違いない》と書いた大佛次郎。第二次大戦中も疎開せずに猫を優先した、その生活ぶりを見てみましょう。

子猫が読みかけの本や眼鏡、灰皿などと混在し、暮らしの一部となっている様子がうかがえます。大佛次郎撮影

猫は、生活になくてはならない伴侶《はんりょ》

来世というものがあるかどうか、僕末《いま》だにこれを知らない。仮《か》りにもそれがあるならば、そこにも此《こ》の地球のように猫がいてくれなくては困ると思うのである。いないとわかったら、僕の遺言のうち一番重要なくだりは、厳密に自分の著作を排斥して、好むところの本と猫とを、僕の棺《ひつぎ》に入れるように要求するに違いない。

猫は僕の趣味ではない。いつの間にか生活になくてはならない優しい伴侶になっているのだ。猫は冷淡で薄情だとされる。そう云《い》われるのは、猫の性質が正直すぎるからなのだ。猫は決して自分の心に染まぬことをしない。そのために孤独になりながら強く自分を守っている。用がなければ媚《こ》びもせず、我儘《わがまま》に黙り込んでいる。それでいて、これだけ感覚的に美しくなる動物はいない。冷淡になればなるだけ美しいのである。贅《ぜい》沢《たく》で我儘で他人《ひと》につめたくすることは、どんな人間の女のヴァンパイアより遥《はる》かに上だろう。だから猫を可愛がるのには、そういう女に溺《おぼ》れているような心持になることで、それでいて決してこちらの心を乱さずにいられるのだから有難い。読書に疲れたら顔をあげて、この「客間の虎《とら》」の、もの静かで、おごりに満ちた優しい姿態を眺めればいいのである。こちらからも執《しつ》こくしないで、そっと放任して置いてやれば、猫はいよいよ猫らしく美しくなって、無言の愛着を飼主に寄せて来るのである。多少なり、こうした沈黙の美しさが感じられるひとならば、猫を愛さぬわけはないと思うのである。

（1930年「黙っている猫」より抜粋）

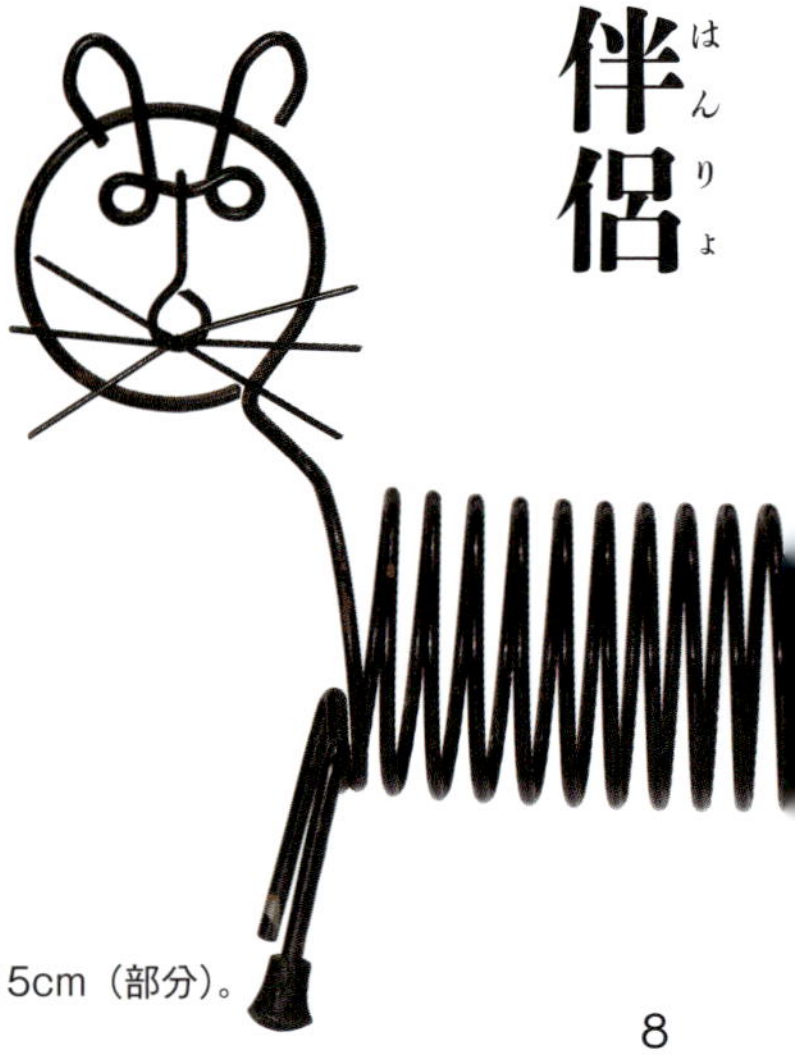

状差しと思われます。金属製で体長15cm（部分）。

1936年（39歳）。この前年に直木賞が制定される際に選考委員になり、最晩年まで務めました。黒猫2匹は「クロブチ」と「オ茶《ちゃ》サン」という名前だそうです。

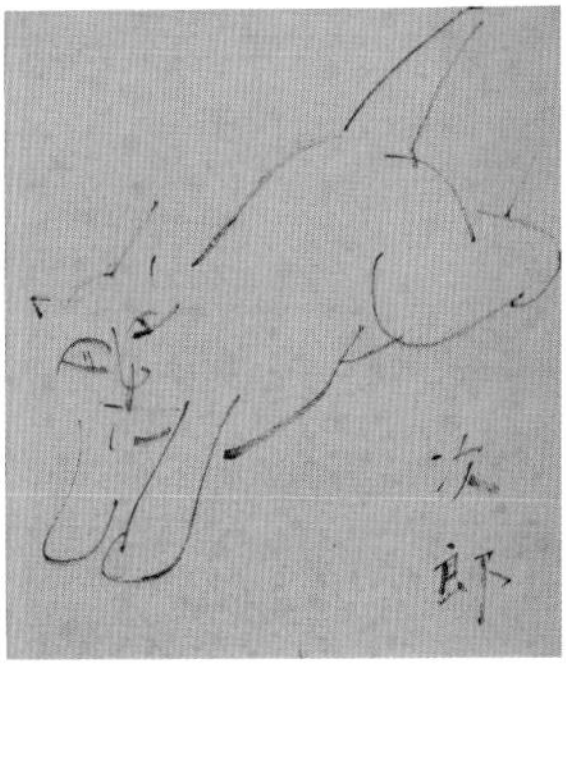

揮毫《きごう》を頼まれると書いたのが、禅語の「遊戯三昧《ゆげざんまい》」という言葉。仏のように自由自在な境地のことを指します。その裏に描かれた猫のスケッチもまた、自由自在なさまを表しているのでしょうか。

猫とのつきあい

小学校に入りたての時分、横浜から牛込《うしごめ》の東五軒町《ひがしごけんちょう》へ越して来たら前の住人が置き去りにして行った雉猫《きじねこ》がいた。荷物もまだ片附かない家の中へ黙って入って来て台所の板の間に蹲《うずくま》って離れなかったのを飼うことにした。もう、かなり年をとっていたが、僕の家になってからも五六年いた。その後芝《しば》の白金《しろかね》へ引込す時になって行李《こうり》へ入れて連れて行った。それからも一年ぐらい生きていたろう。僕が飼った最初のものだった。年をとって、まるい顔が四角くなり、ものぐさくなって、焜炉《こんろ》の脇に寝てばかりいた姿が今でも少年の日の記憶の中に蹲っている。冬になると必ず僕の床の中へ入って来て寝たし、僕が外から帰って来ると、足音で玄関まで迎いに来たくらいよく馴れていた。死んでから女中が鍬《くわ》で庭の隅へ埋めた。遊んでいる最中に「たま」のことを思い出すと、僕は、誰にも見つからないようにその墓へ行って土を撫《な》でてやった。僕と猫との交渉はこれから始まっている。三十年の間に何匹の猫が僕の家にいたろう。鎌倉へ移ってからの十五年の間だけを算《かぞ》えても、どうやら五十匹はいそうだ。散歩のたびに捨猫があると拾って来る。それから、僕が猫好きと知れてから、垣根の下から猫を突込んで行くものがある。うんざりしながら、ずるずるに置いて嫁入口を考えてやる。

「一匹で沢山だがな」

と、さすがの僕がこぼす。僕の家へ来た時、極端な猫嫌いだった妻が今では僕の病気に感染してしまったのを幸い専《もっぱ》ら猫の係をさせて置く。

（1936年「猫々痴談」より抜粋）

自ら絵付けをした灰皿。上が直径12cm、下が13.5cm。

1954年（57歳、撮影／石井彰）、猫たちの食事をうれしそうに眺めている様子です。《十五匹いる家の猫には、喧嘩《けんか》をしないように、食事の時、十五の茶碗を並べてやる。猫はなかなか大食家だし、先を争うから整理が大変である。大猫小猫十五匹だ。外から入って来た人は、この食事時の壮観を見ると吃驚《びっくり》する》（1939年「藤の花と猫」より）

書斎の猫、玩具の猫

ほんとうを云《い》うと、物を書く部屋には、余計なものを何も置かず空白な机一つがあればいいのだと思う。

しかし、二十年にわたった習癖と云うものは、なかなか脱け出られない。私には、やはり、仕事をするのに猫と本とが手もとにないといけないらしい。私の書く小説が、調べものをいろいろと必要とするだけではなく、書くものに全《まった》く関係のないものも、時に私には、必要になって来る。筆が動かなくなると、私は見当違いの本を読んだり画集をひろげて遊び出す。頭で追及していた中心の軸から、まったく飛び離れて別の事を考え、時には、それと、今書いているものとのつながりを思いながら、また、もとの仕事に戻って来る。気

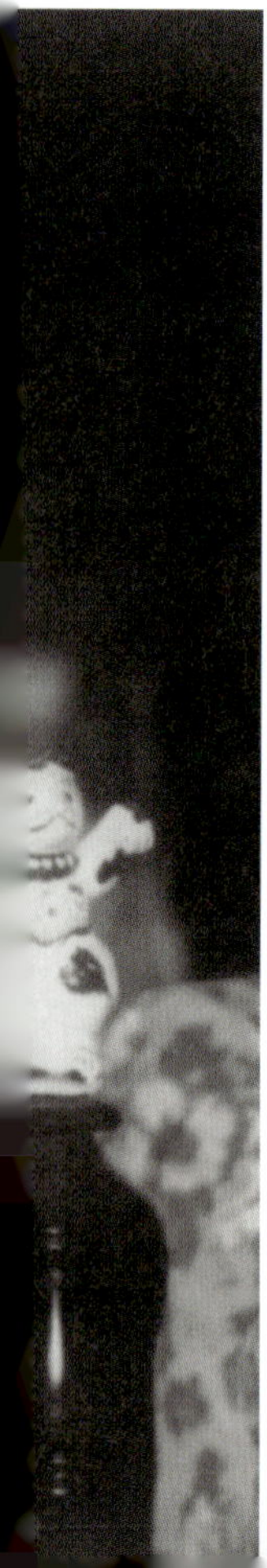

海外製と思われる張り子で、体高30.5㎝。「ティールーム霧笛」蔵

木製で体長36㎝。各部が動くようになっている玩具です。

1936年ごろ、おもちゃと子猫。大佛次郎撮影

が急いで来るほど、故意に私は仕事から離れて了《しま》う。こだわって来たなと思うと、一度、逃げてから、別のいと口をさがすのである。日本の歴史小説を書いていて、外国人の画家の画集を見たくなると云う迂遠《うえん》な心の働き方は、そのせいであって猫も、こう云う無関係らしく見える本と同じように、膝《ひざ》に抱いて撫《な》でてやっていると心が遊べるからいいのである。仕事を始めると、人間よりも猫の方が口をきく義務を解かれるだけでも、私にはなつかしいし、都合もいい。猫の毛が柔かいのもいい。無邪気で好い遊び相手である。私には生きた猫でなく玩具の猫でも心を柔らげてくれる。

（1948年「私の書斎」より抜粋）

1934年ごろ、書斎で。

大佛次郎記念館に再現された書斎。机の上や本の間に、猫の置物が並んでいます。

日本には猫に関する本が少ないと嘆き、1954年に上原虎重著『猫の歴史』が刊行された際には絶賛しています。《日本では冷遇を受けてきた平凡な三毛やブチのために、まあ、よかったねと悦《よろこ》ぶものである》（1954年「ミケやブチの喜び」より）

猫に関する洋書も蒐集《しゅうしゅう》しました。《二十年近く無精ながら私は内外のネコの本を集めてきた。丸善に古くから親切なひとがあって外国版のネコの本がつくと必ずとどけてくれたせいもある》（「ミケやブチの喜び」より）

クッションに施された猫の刺繍。

小さなロッキングチェアの上でまどろむ「眠り猫」。九谷焼の陶器で体長21.5㎝。

奥さんと猫

　私が廿五歳《にじゅうご》の時一緒になったのだから、星霜《せいそう》三十年あまり、猫ならば、そろそろ化ける頃と言ってもよい古女房である。定収もなく家を持ったのだから、質屋と仲善くして、つないだ。極端な時は、女房は着たきり雀《すずめ》でニコニコがすりの筒袖《つつそで》一着を留めただけのことがあった。

　時世がよくて、魚屋も八百屋も三カ月ぐらい勘定を待ってくれたが、若いとは強いもので、平気で通って来た。原稿を書いて暮らせるようになってから、私の老父母を迎えて世話をすることになった。父の死後、枕《まくら》の下から遺書が出て来たのを見ると、特に妻の労をねぎらった手紙であった。このあたり私の一代の負債である。

　しかし、新憲法はこの家の門からこちらに入れぬと宣言したら、それで結構だと答えた。亭主は関白のつもりでいるが、女房から見ると、五十過ぎて、まだ手がつけられない子供だと思っているらしい。困ったのは、最初、嫌っていた猫を、私が好きだったところから可愛がるようになって、遂に度を過ぎて来たことである。一軒の家に猫は一匹で十分のはずだが、この家では常に平均十匹を下らない。

　現在も全然盲目の猫が一匹、片目のが二匹まで員数に加わっている。生きている捨て猫を拾って来るのはいいが、死んだ猫まで外から拾って来て庭に葬《ほうむ》ってやることがあった。黙って聞いていると、近所から遊びに来た猫を相手に真顔で話をしている。

（1951年「春風秋雨三十余年」）

陶器製で体高8㎝。底には「丸善文房具」の札があります。

1940年ごろ、書斎で酉子《とりこ》夫人と。夫人の本名は登里《とり》ですが、愛称の酉子で通していました。1921年、東京帝国大学法学部の学生だった満24歳のときに、1歳下で新劇の女優だった夫人と学生結婚します。

絹製の懐紙《かいし》入れ。幅15㎝。

定員は一度に十五匹まで

家の者に、さいわい変りがなかった。ここで私が家の者と言うのは人類だけでなく、猫のこともふくめてある。実は猫の方が人類より数が多く、私が知らない赤虎《あかとら》の子猫も一匹、迎いに出て来た。

全部で、九匹である。

「案外、すくないな」

と、初対面の子猫を見て、私は苦笑した。

これも捨猫なのである。私の家が猫好きだと知って、どこから来るのか人が猫を捨てに来る。迷惑なことだが、私の妻がひろってしまう。一匹の猫なら可愛いが、猫も十匹以上になって昼夜の区別なく家の中を駆けまわるのでは、決して可愛いものでない。

そこで私は大分前に妻や女中たちに申渡した。

「猫が十五匹以上になったら、おれはこの家を猫にゆずって、別居する」

この脅迫は、きき目があって十五匹で人口（？）は制限出来た。猫は私のように原稿を書いて稼がないからである。捨猫が入って来ると、女中が自転車で遠くへ捨てに行く。

十五匹の猫は各自の皿を十五並べて食事するのである。

念の為に算《かぞ》えて見たら十六匹いたことがあったので、女房を呼び出した。

「おい、一匹多いぞ。おれは家を出るぞ」と言ったら

「それはお客さまです。御飯を食べたら、帰ることに

年代不明。大佛次郎撮影

大佛次郎記念館に再現された寝所。枕元に子猫の群れの置物、枕カバーにも猫の刺繍が見えます。

おそろいの鈴をつけている子猫。同時に生まれた兄弟でしょうか。
大佛次郎撮影

竹製で体高2.5㎝。マージャンの牌《パイ》と組み合わせられていますが、意味は不明です。

なっています」

捨てにやる前に、おなかが空いては可哀想《かわいそう》だから、と言うのであった。以前に、めしの時間になると台所口に来て坐《すわ》っていて、人の顔を見ると、甘えて、なく猫があった。どこかの家の飼猫らしいが、戦時中の食糧不足の時だったので、門乞《かどご》いに来たのである。

あわれに思って、余裕のある時は何か食わせてやる。すると定期便のように雨の日も休まずにめし時には通って来るようになった。

「通いと住込みか」

と、私は可笑《おか》しかった。

終戦となって、しばらく「通い」が姿を見せないことがあった。

「飼主が、疎開から戻って来たか、台所がゆたかになったのだろう。どこの家の猫だったのか？」

半年ほどすると、ある日、

「通いが引越してきました。子猫を一匹連れて」

と、台所から知らせて来た。冗談でないと思って見に行くと、台所の外につってある洗いもの台の棚に親子で、ちょこんと坐っていた。二、三日前から、そこにいて帰って行か

1971年（74歳）。当時刊行されていた『朝日=ラルース週刊世界動物百科』の取材時のものです。

庭先で昼寝する愛猫たち。大佛次郎撮影

ない、と言うのであった。二匹は内の猫に遠慮したのか、夜も外に寝て、屋内に入って来なかった。いじらしいものである。しかし、そのうちに冬になり、台所のストーブに内の住込みどもが集るようになると、差別待遇をして置くのが気になり、呼び入れて、ストーブにあたらせた。通いは、その時から親子で住込みに昇格した。

（1958年「猫の引越し」）

両手招きの土人形で体高3.5㎝。「もう、お手上げ」という様子にも見えます。

土人形で体高9㎝。大あくびをしている様子でしょうか。

ネズミとり

本を読んでいたら、鼠《ねずみ》が天井裏であばれている。一匹ではないらしい。三、四匹いて運動会でもしているような、はしゃぎ方であった。

私は鼠取りを買いにやった。

使いに行った女中君が帰って来て、

「金物屋の小父さんが、お宅は猫がいるのに鼠を取らないのですか、と言いましたよ」

と知らせて来た。

私は苦笑を禁じ得なかった。

「猫の奴《やつ》、けいべつされたな」

十四も猫がいて、鼠をあばれさせて置くのだから不面目至極《ふめんぼくしごく》である。

もっとも、私の寝室と書斎は中二階になっていて、天井が非常に高い。猫をつかまえて、一々人間が梯子《はしご》をかけて上げてやらないと、天井裏に入ることが出来ないのだ。鼠は、二階でなく、平屋の方の天井裏にも進出して来た。猫の奴、相変らず取り合わない。鼠の足音が、自分の頭の上ですると、ちょっと顔を上げて天井を見、耳を立てて聞くだけで、すぐ、そのあとは居ねむったり外に遊びに行く。

1950年（53歳）。晩酌をしながら、からかっているところでしょうか。

鼠は、私の寝室の天井の一部に小さい穴をあけた。そこを通路にして、私が寝ている間に、出たり入ったりする。

私が夜中に目をさましている時にも、本の上を走ったり食糧を入れてある冷蔵庫の付近で何かしている。

急に起きて、電灯をつけると、音をひそめてどこかに隠れ、また電灯

「ふうちゃん」と添え書きがあります。食卓の脇で惰眠《たみん》をむさぼっているところでしょうか。大佛次郎撮影

を消すと、利口にひき上げて天井の穴から逃げて行くのである。泥棒が見つけられながら大手を振って玄関から出て行くような感じであった。

幾夜か、私は真暗な中に、寝床にひそんだまま、鼠どもの行動を偵察した。

鼠があかりに驚いて隠れた場所を、屏風《びょうぶ》で包囲して、退路をなくしてから、階下から猫を持って来させる。

私は、こう計略をめぐらして、昼の間に、屏風を運び上げて準備をととのえ、夜を待った。まだ宵《よい》の口から寝床に入り、電灯を消して待伏せることにした。

待つ間は長いものである。だが、やがて欄間《らんま》の上を走る可愛らしい足音がした。やがて降りて来たようである。真暗な中で私は、全身の神経を耳に集めて聞いている。

コトリ、と何かに触れた小さい音

陶板で全体は縦15.5㎝。裏に「OSAKAナンセンスクラブ作」と書かれています。

がした。冷蔵庫の下に、物を置いてある場所である。私は、枕もとの電灯を急にひねって明るくすると、起きて出て、予定どおり屏風《びょうぶ》で、そこをかこった。電灯がついている限り、鼠《ねずみ》は、隠れ場所から出て来ない。私は安心して、階下に降り、こたつに寝ていた猫を抱いて来た。私の家の十四の中で一番、りこうで見込みのある奴《やつ》を連れて来たのである。

鼠が隠れている屏風の中へ、私は猫をおろした。隠れている鼠のにおいを感じて、冷蔵庫の下へさがしに入るだろうと期待したのである。

猫の奴は、その期待にそむき、寝ているのを起されて、まだ、ねぼけていたのか、屏風の上からのぞいている私の顔を、いぶかしそうに見上げて、

「にゃあん」

と、ないたのである。その声に驚いた鼠が死物狂いで飛出して来て、猫の頭をとび越え少しの隙間《すきま》から屏風の外に逃れた。

猫も、あっと思ったらしいが、時すでにおそしで、鼠は穴に入った。私は、猫をこたつに返しに行った。

「こいつは、ばかだよ」

飼主があきれているのだ。金物屋の亭主がけいべつしたところで無理はない。

（1958年「無能なる家族」）

鼠をくわえた張り子で、体長17㎝。おしりに「龍寶金堂」の札が貼られています。

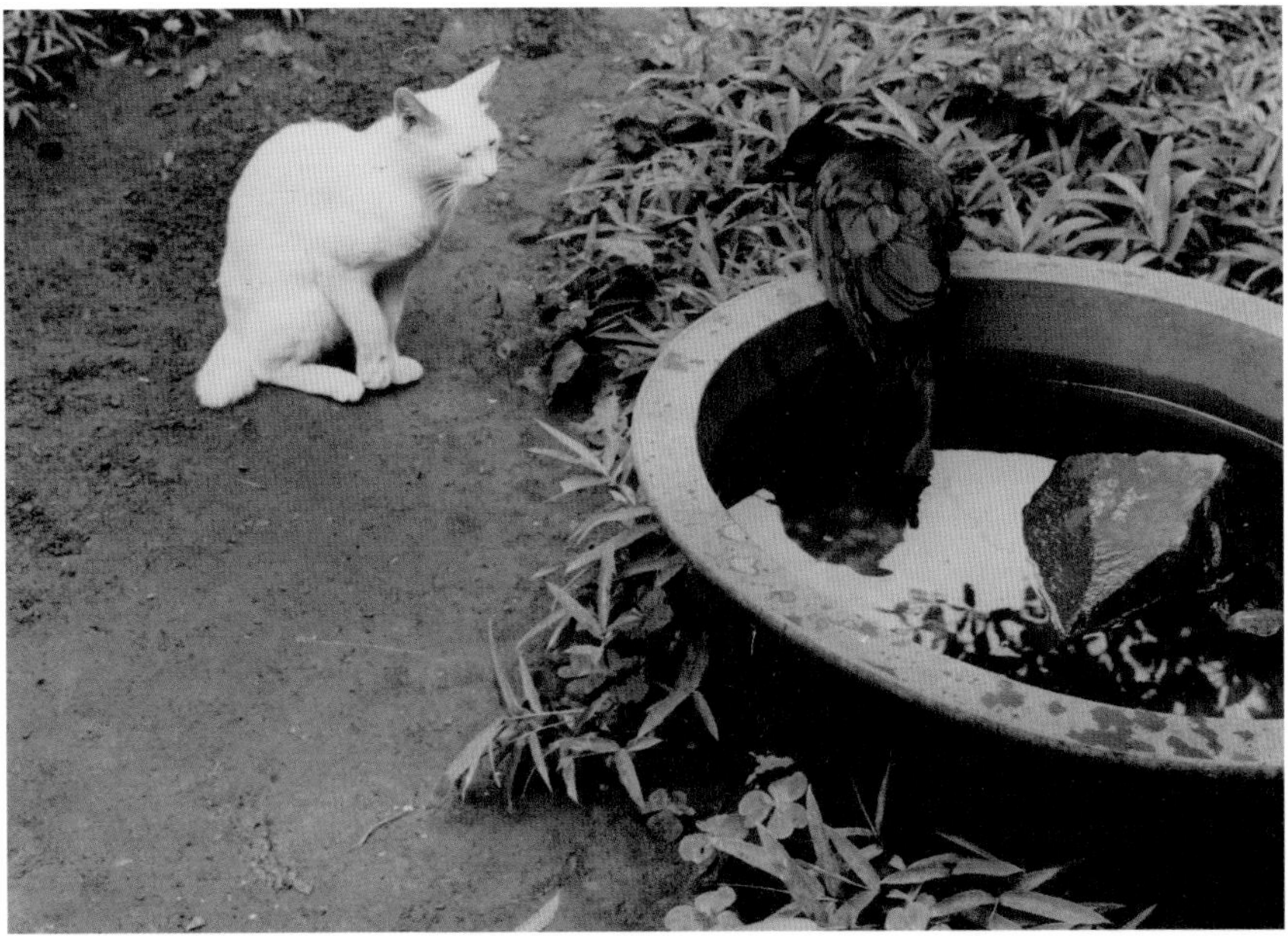

アルバムに「ボンくん」と記されている白猫。カラスと仲良しだった？　大佛次郎撮影

泥棒と猫

1936年、「オ茶《ちゃ》サン」という名の黒猫。大佛次郎撮影

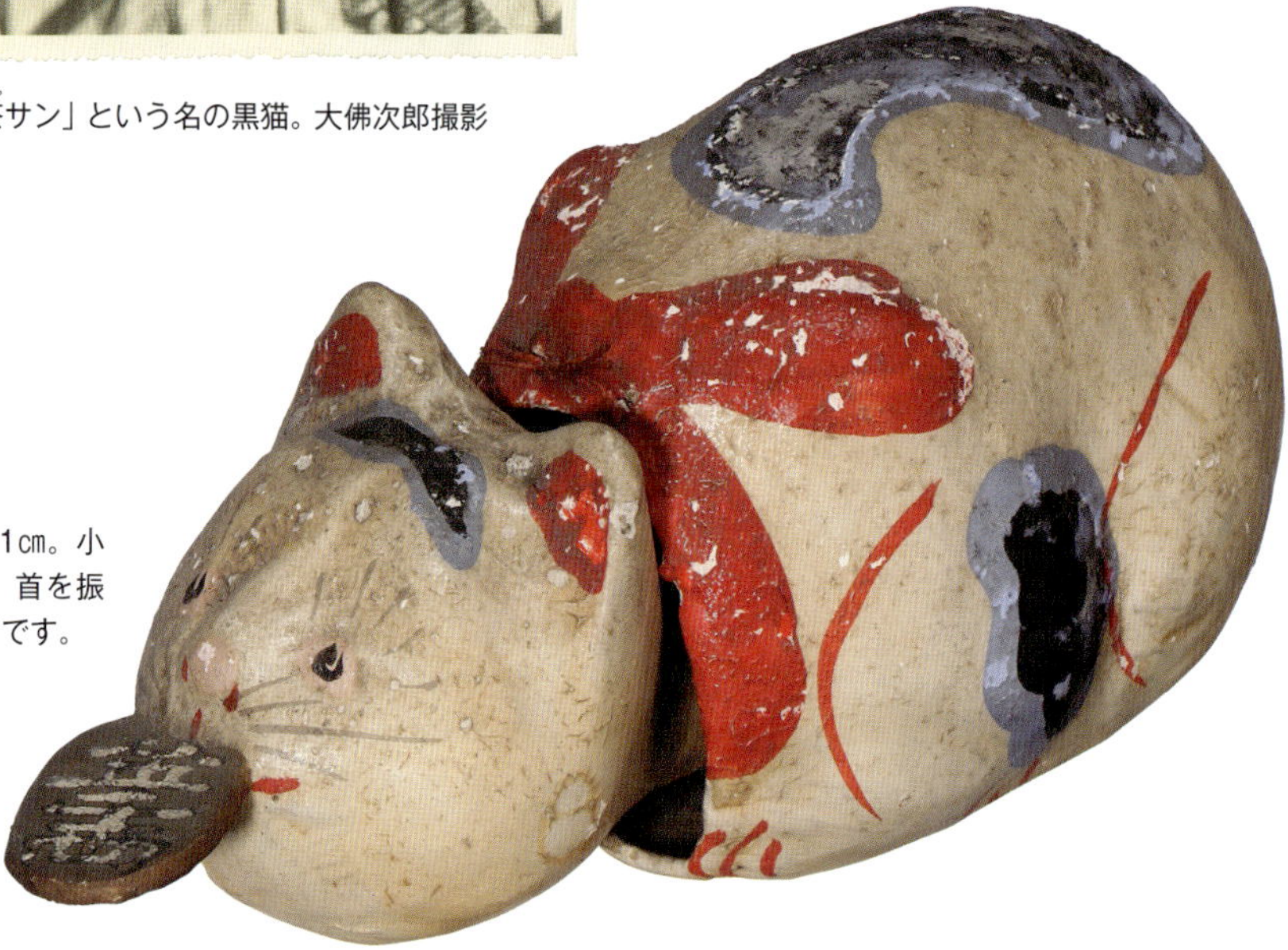

張り子で体長11㎝。小判をくわえた、首を振る縁起物のようです。

朝、目をさましたら、何事か家中の者が集って騒いでいる。どうしたのだ、と尋《き》いたら、泥棒が入ったのだと言う。

雨戸が一枚、人が出入り出来るほどに、あいていた。もう四年ばかり前のことである。あいている雨戸のところから、廊下に泥足の跡が残っていた。前の晩に小雨があり地面が濡《ぬ》れていたのである。これが猫の足跡なら、この家では年中のことで、誰も問題にしない。人間の相当大きい素足の跡なのは、どうも気持よくない。おまけに、家内の寝室に置いてあった相当の現金と小切手を入れたハンドバッグが失《な》くなっていた。

女房の奴《やつ》は、そこに寝ていて、そのことを知らなかった。ねむれないので、催眠薬をのんだ後だと言うのだから、言訳《いいわけ》も体面も立つようなものである。

私の方は、硝子《ガラス》戸と二枚のドアを

へだてた隣りの寝室に寝ている。これは、毎夜の如《ごと》く飲んだくれた上にアダリンを服用する習慣で、そのくせ、飲んだビールを夜中、二度ぐらいは、返しに起きて出る。

泥棒は、階段を上って中二階のこの二つの部屋の間の廊下に立ち、右のドアに入ったら私の寝室、左のドアをあければ、女房がぐうすけ寝ているところに出る。

運のいい奴で、鞍馬天狗《くらまてんぐ》が寝ているところを避けて、左へ入って、金のあるところに間違わずに行った。

「猫の奴が、ちっとも騒がなかったな」

と、私は言った。当時十四あまりいた猫の、誰かが驚いて騒げば、階下に寝ている女中君の三人の中で、目をさます者も出たろう。

警察から刑事が三、四人で来て、足跡の大きさを計り、写真を取り、ドアに残った指紋を取る努力をした。鎌倉も田舎だと思っていたら、科学的捜査らしいものも、心持やるなと見た。ハンドバッグは裏庭に捨ててあって、小切手を残し、時計と現金が盗まれていた。前科がある人間らしいと言う話であった。忍び込んだ時間の推定が問題となった。

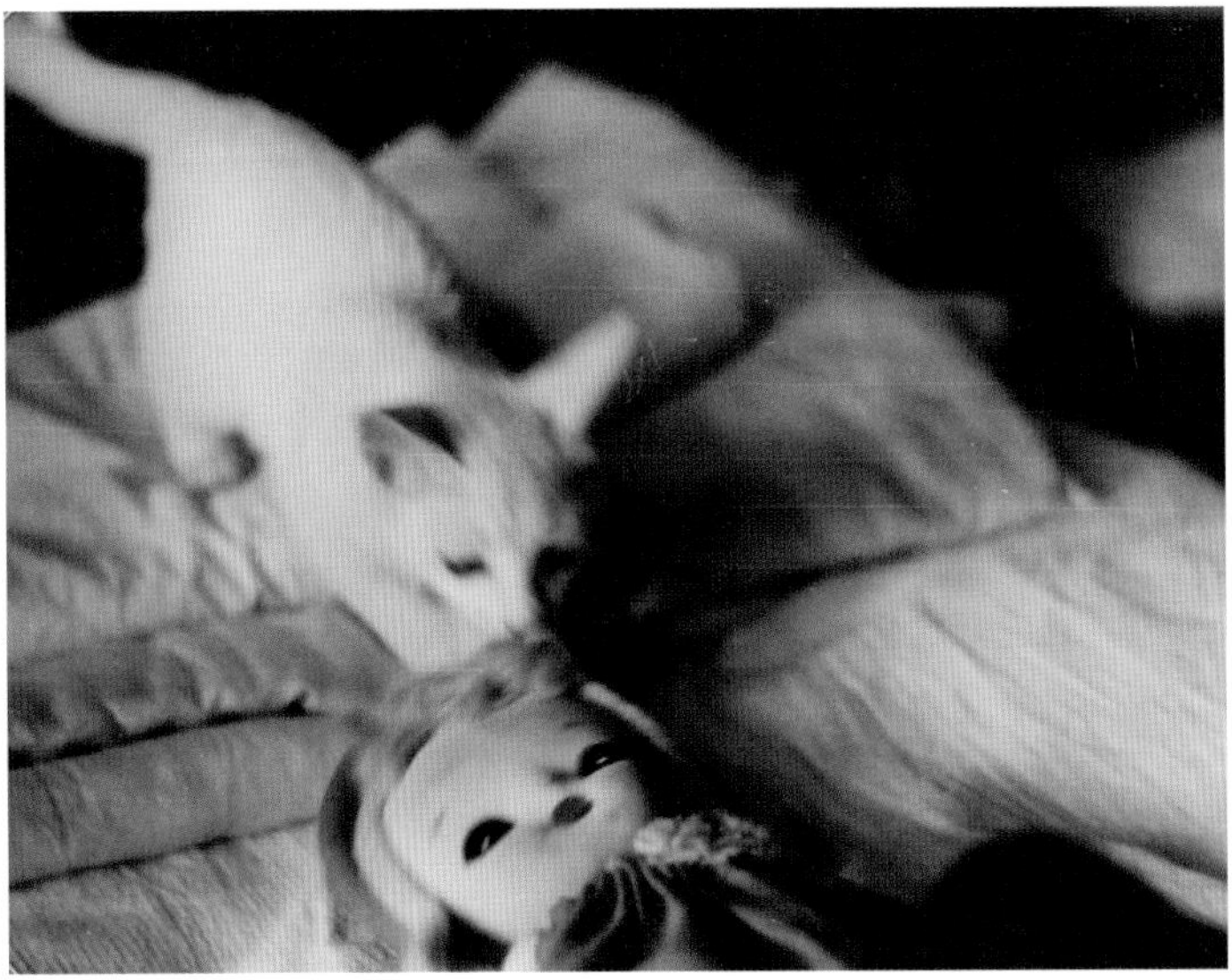

「長子さん」と名づけられた白猫。人形とじゃれているところでしょうか。
大佛次郎撮影

陶器製で体長13cm。

すると、駅前のギャレジの運転手からの聞き込みで、この夜半の三時頃、私の家から八幡前の通りに出たところでタクシーをひろい、はじめ大船《おおふな》までと頼んだのが、途中で、戸《と》塚《つか》と行く先を変え、最後に横浜まで乗って真金町《まがねちょう》の遊郭《ゆうかく》で降りた男があった。私の家で盗まれた書生君の蝙蝠傘《こうもりがさ》と、貰《もら》い物の味噌漬《みそづけ》の樽《たる》を女に預けて、翌朝立ち去った。雨もやんだせいで傘が要《い》らなくなっていた。

翌《あく》る日、女と横浜の桟橋《さんばし》で、逢《あ》いびきする約束になっているのが判《わか》った。苦もなく、御用となった。

犯人は、私の家の台所口に数年来、出入りしていた若い衆で顔も皆が知っている。これが肴屋《さかなや》で、注文を聞きに来たり、岡持で肴を持って来て、十五匹の猫から言えば、常に大歓迎に値する人物、およそ人間の中でも尊敬すべき仕事をしているひとなのだから、夜なかにこの家の廊下に泥足で突立っていようと、猫たちは歓迎こそすれ、驚き騒ぐ理由がなかったのだ。

「驚いたね、内の猫どもは」

と、私は言った。富士の裾野《すその》で、工藤祐経《くどうすけつね》の寝所《しんじょ》に曽我《そが》兄弟が忍び入る手引をした大磯《おおいそ》の虎御前《とらごぜん》の役を猫どもが働いたのである。猫だから虎の真似《まね》をしたのに違いない。

やがて曽我兄弟の親が福島県の田舎から訪ねて来て、裁判所に出す示談書に署名を私に頼んだ。盗んだ金は貧乏で払えないから勘弁してくれと言った。私は承知した。猫の奴《やつ》が手伝ったのでは已《や》むを得ぬ。

（1958年「泰山鳴動」）

◎曽我兄弟は鎌倉初期の武人。兄・十郎と恋仲だった虎御前の手引きによって、父の敵である工藤祐経を討ち取りました。後に仇討ちの『曽我物語』として、浄瑠璃や歌舞伎で親しまれるようになります。

木製の虎猫で、体長14cm。頭と尾が動くようになっています。

木製で幅26㎝。裏には「明治44年 4月17日　菊池さくら　弘前」と記され、80円の値札もあります。

コレクション拝見

猫の絵馬

木製で幅11㎝。

木製で幅26.5㎝。「寿山」の銘が入り、裏に180円の値札があります。

木製で幅28・5㎝。

浴室の女王

土人形で体高５㎝。衝立《ついたて》の向こうで、色っぽい女猫（芸者？）が着替えをしている様子でしょうか。

私の風呂《ふろ》は鴉《からす》の行水のようにいつも早いのだが、出て来て、妻に、

「おはいり」

と言うと、テレビを見ていたのがおどろいた顔を向けて、

「早いんですね」

と言う。

私は説明しない。実は、はだかになって流し場に降りて見たら、猫の一匹が湯ぶねの蓋《ふた》の上に寝ていた。猫の内の風呂は洋風なバスタッブだが、湯がさめないように板をならべ蓋をする。寒くなったので、その上に寝ると、暖かくて猫の居心地がよいのである。

私の内には捨て猫を十五匹も収容してあるが、この一匹の女猫は、どうしたものか他の猫と一緒にならず、いつも離れて、浴室に住んでいる。毛の色が醜いので隠れることは猫にあるまいが、ほかの猫のように所嫌わず、主人の座布団を占領したり、

夏冬ともに一番居心地のよい場所をさがして悠々と香箱《こうばこ》を作り寝そべっているようなことがなく、食事の時以外は風呂場から外に出て来ずに、棚の上にいたり、脱衣用の竹籠《たけかご》の中に、まるまって寝ている日常である。

「おかしな猫だな」

と私は首を傾《かし》げた。

「どこか、からだでも悪いのか?」

そんなことはない、食欲もあると言うのだから、ひとりで居るのが好きで、人間で言えば隠遁《いんとん》好きの性質に生れたのであろう。

毛色の醜い猫だし、どこか淋しげで、可哀想《かわいそう》に思って、夏の間の私の習慣で日に何度か水をあびに行くと、涼しいので蓋の上に寝ているのが、水のとばっちりをあびせられるのを嫌って、はだかの私を見るなり条件反射のように自分からさっさと降りて脱衣場に避難して行くのがいつもであった。いつも風呂場にいるから猫の風呂番のように見え、男猫なら三助《さんすけ》と名をつけてやってもいいと思った。ひとりで隠れて暮している
ので、まだ名前も貰《もら》ってないようである。

寒くなったので、猫は私の顔を見ても蓋板から逃げて降りない。板を二枚ほど、あけても、少し不安らしく場所を移しただけで、座ったままで私の顔を見ている。湯は熱かったので、水道の栓《せん》をひねって水を落した。

毛が濡《ぬ》れるのが嫌いだから、すぐ逃げると思ったのに、動こうとしない。

「おい、どけよ」

と私は言った。それでも動かないから、蓋をあけるわけに行かない。


1964年(67歳)、藤棚の下で。

この年、文化勲章を受章しました。

うろたえたら熱い湯の中に落ちないとも限らぬ。こちらが寒くなったので私は小桶《こおけ》で湯をくんで軀《からだ》にあび始めた。湯がはねれば驚いて逃げてくれると思った。

　それでも動かないで、まるい目でひとの顔を見ている。

　もう一度、かけ合ってみた。

「どけよ。おい」

私は小桶の湯ばかり続けてあびた。

　やがて軀が暖まり、もう湯に入ったのも同じになったから、とうとう猫に負けて、出て来てしまったのだが、あとで考えて、おれもおかしな男だ、猫に遠慮することないのに、と思った。

　せっかく居心地よく蓋《ふた》の上で暖まっているのを、無理に、どけてまで湯に入るのも可哀想《かわいそう》と思った。

　あとで聞くと、毎夜湯を落したあと、浴槽の鉄板に余熱のあるのに、乾いたタオルを敷いて上から蓋をしてやると、朝まで、そこで、のびのびと軀を伸ばして睡《ねむ》っている由《よし》。湯《ゆ》番《ばん》や三助《さんすけ》どころではない。浴室の主、女王さまだ。


（年代不明「猫の風呂番」）

吉田永光《えいこう》（1877～1957）作の「猫の湯屋」。永光は人形や押絵（羽子板や壁掛けなどの細工）の作家で、この作品は75ページ以降に掲載している「おもちゃ絵」を基に製作したものです。土台は木、人形は土、幅23×奥行24.5×高さ11㎝。

暖簾《のれん》をくぐった左は番台。平面の「おもちゃ絵」では隠れて見えない部分ですが、きちんと再現されています。

三助に背中を流してもらっているところ。手前は魚の形にした手拭いにかじりつく子猫です。

暖簾の正面。母猫が湯上がりの子猫に服を着せようとしています。

猫飼いのエチケット

また猫をバスケットに詰めて、わが家に投げ込んで行った。かなり育った猫で、バスケットに画用紙の手紙が付けてある。

「この猫をあなたの御家族にしてお飼いください、お願いします」

そして、どうしたつもりか、猫の顔を絵に描いてあった。

またか、と私は嘆息し、終日、沈んだ気持ちであった。

手紙の文字は、高校生あたりのものでなく女文字だが、しっかりしていて、多分、どこかの若い奥さんであろう。自分の迷惑を他人の家へ投げ込んで、これでこちらは気楽になったと考えていられる神経にはおどろく。捨てられた猫を私は捨てられない。家の猫はこれで十四匹になる。世間には、他人の老後の平和をみだして平気でいられる人間があるのである。それが、若い女で幸福な家庭のひとらしい。

中国文学の奥野信太郎《おくのしんたろう》教授、これが私と同様に、猫のためにこの世を住み憂《う》しとするひとりである。

村松梢風《むらまつしょうふう》さんの一年忌で会ったら、強度の眼鏡の奥で小さい目が英雄的にほほえみながらも、なげいた。

「郵便箱へ投げ込んで行くんですよ」

この短い言葉だけで、私には碩学《せきがく》の教授のなげきがこちらの胸に伝わっ

デンマークのダール・イェンセンという造形家による「座る猫」と題された陶磁器作品で、体高10.5㎝。1970年から83年にかけてB&G（ビングオーグレンダール）から販売されました。

1964年（67歳）。右下にあるのはガスストーブでしょうか。猫たちが暖をとっているようにも見えます。

て来る。ここに人あり、である。捨てられた猫のなく声を聞いて、書斎にいて本も静かに読み続けられない時が、しばしばなのだろう。

「何匹？」

「今、十三匹ですか」

「内は十四匹」

暗然と、ふたりは目を見合せる。

「一体、十三匹の猫にどのくらい食費がかかるかと、この間、計算して見たのです。一万円はたっぷり食いますね」

私は、びっくりする。

「ほんとうですか」

「ほんとうですよ」

「すると、猫がいないと蔵が立つな」

「そうなんです」

いよいよ、ふたりは落胆して目を見合せて言葉もなくなり、うなだれる。そう話すことで、わずかにお互いに慰め合っているのだ。冷然と、他人のところに迷惑と負担を付けて

1928年（31歳）。神奈川県鎌倉市材木座の借家と思われます。

陶器製の貯金箱で体高20㎝。
にこやかな表情で首を振ります。

猫を投げ込んで行く世間の良家の人々は、何とけしからぬ動物どもであろう。苦しい生活をして働いているひとなら、こうしない。紳士淑女のしっぽのやつらで、高級の方でないことは確実である。だから、私はその見てくれの偽善を忌《い》まわしいと思う。霜夜《しもよ》に捨てて凍え死にさせるくらいなら、オシャマスなべにして食ってやる方が人道的なのだ。なんじの欲せざることを他人にほどこす。捨てるなら勇気を出して鍋《なべ》で煮て、おあがりなさい。

小猫で鈴を付けて、よく庭に遊びに来るのがあった。時間が来ると、いつの間にか帰ったと見えて姿を隠し、また明日、やって来る。かわいらしい。どこから遊びに来るのかと思って、ある日、

「君ハドコノネコデスカ」

と荷札に書いて付けてやった。三日ほどたって、遊びにきているのを見ると、まだ札をさげているから、かわいそうにと思って、取ってやると、思いきや、ちゃんと返事が書いてあった。

「カドノ湯屋ノ玉デス、ドウゾ、ヨロシク」

君子の交わり、いや、この世に生きる人間の作法、かくありたい。私はインテリ家庭の人道主義を信用しない。猫を捨てるなら、こそこそしないで名前を名乗る勇気をお持ちなさい。

（1962年「ここに人あり」）

土人形で体高11㎝。

陶器製で体長36㎝。背中の蓋《ふた》があいて、中に炭を入れられます。

コレクション拝見
猫アーティストの元祖・河村《かわむら》目呂二《めろじ》作の猫あんか

スクラップブックに貼ってあった1924年ごろの新聞記事。「猫の目呂二さんと御内室」とあります。

目呂二デザインの「マネーキー猫」。コイン（マネー）と金庫の鍵（キー）を抱えています。

河村目呂二（1886〜1959）はグラフィック・デザイナーで無類の猫好き。オリジナルで招き猫を制作し、頒布会も催していました。そんな目呂二がデザインし、大正15年に販売された「猫あんか」は、中に炭を入れる手あぶりです。大佛次郎は同じものを3個持っており、傍《かたわ》らに置いて大切にしていたそうです。

また大佛の旧蔵品に、目呂二による猫の記事のスクラップブックが残されていました。どうやって入手したのかは不明ですが、ふたりの接点は、これからの研究課題とされています。

目呂二の猫スクラップブック。チラシや新聞記事、札など、猫に関するさまざまな切り抜きの貼雑帖《はりまぜちょう》です。

テーブルの上でしょうか。警戒しているような表情がうかがわれます。撮影／島村安彦

第2章 大佛家の猫たち

戦時中であっても常に10匹を超える猫がいたという大佛家。当然、何代かにわたるものもいます。そのファミリーヒストリーや、それぞれのキャラクターにまつわるエピソードをご紹介しましょう。

「三匹ゐます」と記された大佛次郎のスケッチ。1957年ごろ。

猫の時代区分

女房の話だと、私の家に住んだ猫の数は五百匹に余る。まさかと疑ったが間違いなかった。軍隊としたら何個中隊に編成できるか？　戦国時代に五百匹の精兵がまとまれば、私は相当の侍大将である。

猫は、譜代《ふだい》と外様《とざま》に分れていた。食事の時だけ外のどこかから通って来るのがあった。戦時中、食料難の折から発生した現象である。彼らは食事の時間を精確に守った。住込みのほかに通いがあったわけである。通いで子猫まで連れて引越して来た奴《やつ》がある。そのまま我が家に住込んだ。譜代の猫はやはり可愛がって貰《もら》って育って弱く、外から入って来た蛮族が我が家に座り込み、優雅な風を我が家から失わしめた。

黒猫ばかりふえた時代があるかと思うと白猫ばかりの天下があった。両統対立の時代もあった。現在は、捨猫ばかり収容して悪い民主時代となった。家の中にいる猫の名を私はもう知らない。覚え切れないからである。一匹の猫なら可愛らしいが、十五匹ともなるともう可愛らしくない。

（1962年「白ねこ」より抜粋）

ともに張り子で体高22㎝。底に埼玉・深谷《ふかや》の札がありますが、群馬の高崎張り子にもよく似ています。

随筆には登場しない白猫「ボンくん」と「長子さん」

アルバムに名前のみが記されている「ボンくん」は、木登りが上手だったようです。野鳥でも狙っていたのでしょうか。25ページにカラスと一緒に写っている写真もあります。大佛次郎撮影

10枚以上の写真が残されている「長子さん」。1960年4月29日生まれというメモが残されています。同じく1960年の著書『桜子』と。大佛次郎撮影

シャム猫の「アバレ」

「うろろろ、ろあん」

「なアに、それ」

「小説に出て来る猫の啼声《なきごえ》だ」

僕は、読みかけのコレットの「おんな猫」を伏せて、腕時計の顔と相談する。

「八時十分。もう、そろそろ仕度をおし」

シャム猫が来るのだ。友達のコレア君が印度支那《インドシナ》から貰《もら》ってくれたのである。猫はエム・エムの汽船へ乗って長い航海の後に神戸に着き、コレア君が「燕《つばめ》」でそれを連れて来るのだ。

「うろろろ、ろあん」

今日の仕事は休むことにしてある。

「フランス人には、こう聞こえるのかね。もっとも、これア五月の晩だから、きっと、さかりがついているんだ。コレットの飼っている猫も確か、シャム猫だったね」

「ええ、そうよ、確か」

「シャムだけが連盟で日本のために棄権※したんだ」

僕は起き上り、狭い部屋の中を行ったり来たりする。

「うろろろ、ろあん！」

部屋のボーイが入って来る。

「山田君、ホテルは猫が泊っても構わないね、一晩だけ」

「結構です」

僕は咽喉《のど》まで出て来た、うろろろ、ろあんを呑《の》み下す。

「ふんしを持って来て置きましょう、ボール箱にでも砂を入れて」

「どうか」

髪をいじっていた妻の心配は、もとから内にいる猫たちと、今度来る猫と、うまく行くかどうかということだ。

「小柴さんとこのシャム猫はほかの猫の耳を噛《かじ》り取って了《しま》ったわ」

「大丈夫。小猫なんだ」

実は僕も不安に感じる。とにかくこれは虎や鰐《わに》がのそのそ原《はら》っ端《ぱ》を散

1934年ごろの大佛次郎夫妻。写真のシャム猫は、このページで掲載している、インドシナからきた2匹と思われます。

※1933年、国際連盟において満州国不承認を採択したとき、唯一シャム（タイ）が棄権した。

日本画家の中島清之《きよし》（1899～1989）が1934年に描いた『花に寄る猫』。シャム猫のモデルは大佛家へやってきたばかりのアバレです。「ティールーム霧笛」蔵

歩している国からやって来るのだ。

「大丈夫だろう。悪いことをしたら、ひっ叩《たた》くことにして、よく躾《しつ》ければいい。仕様がなかったら、庭へ金網を作って入れとくのだ」

　三十分経つと、妻はバスケットをさげて笑いながら飛び込んで来た。寝台の上に置かれてバスケットは開ける前から、がさがさと動く。蓋《ふた》をひらくと、耳と鼻柱だけ焦《こ》げたようにくっきりと濃い顔が二つ、きょろりと狸《たぬき》のような顔を出した。ちいさい、ちいさい！　それに何て、とぼけた顔だ。僕は声を揚《あ》げて笑い出す。妻も一緒になって笑い崩れる。

　小猫は空色の目を瞠《みひら》いて僕たちの笑うのを見詰め、ぴょんと飛び出す。尻尾と、手足のさきだけ耳や鼻と同じように強く焼いて、あとは見事なぼかしだ。手袋と靴下だけ黒く、ほかは白いマダムが二人だ。落着かない様子であたりを歩いて、さかんに方々嗅《か》ぎ廻《まわ》る。椅子《いす》の足。テーブルの上の本。花瓶の草花。化粧鏡の前では同じ顔のほかの猫を見つけて、ぎょっとしたように尻込《しりご》み、それから恐る恐る嗅ぐ鼻を寄せて行って、安心する。

「吃驚《びっくり》しているんだよ。船から、すぐ汽車だ」

　猫はおっかなびっくりバス・ルームへ入って行く。僕らも跟《つ》いて行き、落ちるといけないから、あわててカビネの蓋を閉める。

「何か食べさしておやりよ」

　猫は、白い浴槽《タブ》の縁に手を掛け、内を覗く。コップに水をついでやると、鬚《ひげ》を立てて、さかんに舌を鳴らして飲む。ほかの猫も音を聞いて駆

裏に「昭和十年　アバ子ちゃん　二才」と記されています。大佛次郎撮影

けて来た。喉《のど》がかわいているのだ。

「ミルク！」

　こいつだけは確かだ、後は、何を喰《た》べるのだろう。日本の猫のように生臭いものが好きなのか。

「鰹節《かつおぶし》なんて、知らないぞ、きっと！」

「そう……」

　猫は、それから本の棚を渡って、薔薇《バラ》の鉢植《はちうえ》へ近付き、青い葉を見て棘《とげ》に刺されて驚きながら、二三枚、噛《か》んで了《しま》う。

「船の中で青いものが不足したんだな、薔薇は毒じゃないか？　サラダだったら……」

　抱いて見ると、暑い国の生れだけに毛が短いし、たくましくぶりぶりした筋肉の感じが、すぐに指に伝わった。小さいくせに手も足も発達している。やがて元気になり二匹《ひき》でじゃれだすと、抑えていられないくらい強い力で、はね廻り、駈《か》け出し始めた。紐《ひも》でじゃらすと、それを咥《くわ》えて、首を持上げて、ずるずると曳《ひき》ずって行く。もう一匹が飛び出して来て、動く紐を抑えつけ、これもくわえて、綱引をする。

「寝ろよ。もう二時だ！」

　寝るどころか、棚の本を大きな音をさせて蹴散らした。

「バスルームへ入れちまえ」

　啼《な》くのだ。うろろろ、ろあんじゃない。近所の部屋はどこも睡《ねむ》っているのに、大きな声で、にゃオにゃオと、悲しげに啼く。開けて見ると、ドアのところに二匹並んでいる。

「寝ろ、こいつら」

　僕は、一つずつ頭を殴ってやる。流石《さすが》におとなしくなる。電灯をすっかり消して見ると、こいつ、ソファの上に永々と手足を伸して、気のせいか映画にある虎のような形で寝る。

「間違って、こいつがライオンの子だったら大変だなあ」

と僕は呟《つぶや》く。

「大丈夫ですよ。こんな気のきいた毛色のライオンはありませんわ」

「なんて名にする？」

「さあ……」

「アラヤ殿下」

「いや！　そんなの」

「コレットのはサハアだが……」

　猫はホテルから鎌倉へ運ばれて来て十日になるが、まだ名がない。呼ぶ時は、アバレといわれ、自分たちもそいつが名前だと思って、すぐに駈けて来る。


（1934年「新しい家族」）

黒猫三態

同じ作者によるシリーズものと思われます。いずれも竹製で、体高は左から7㎝、7.5㎝、8.5㎝。底に「夢平花（作？）」という書き文字があります。

こちらも同一作者と思われる木製。体高は左から8㎝、8㎝、7㎝。底に「銀座　文具・洋風陶器　英章堂　￥70」の札があります。

シャム一族の繁栄

猫の種類の中で一番豪奢《ごうしゃ》な感じを抱かせるのはやはり毛のふさふさと長いペルシャ猫であろう。が、一番シックなのは、カット・グラスの色で染められたシャム猫だ。コレット夫人の愛猫もこれだが、大体、フランス人の好みによく適《かな》っているように見える。アメリカに流行し始めたのは一二年前からだ。この猫は生れた時は、全身がクリーム色をしているが、育つにつれ耳とか鼻面《はなづら》とか、尻尾、手足のさきなど軀《からだ》の飛び出した部分から写真の乾板のように感光して来る。その色がカット・グラスの焦茶色で、チャイニーズ・ブリュウの目の色と、実に見事な色の調和を見せている。感光の度合は育つにつれ深くなる。こんな不思議な猫はいない。ほかの猫に比べると野生が強くて、細い癖に筋肉がよく発達し、暴れ出したら人間の力で抑えきれないくらいぶりぶりしている。僕のところに来た二匹もあまり暴れるので、いつの間にかアバレという名で呼ばれることになった。女の方は、アバ子というのだ。

アバレの方は、原産地の風土病らしく月に一度ぐらいずつ、死ぬかと思うほど、猛烈にひきつけた。地面に文字どおりバウンドしながら苦しむので最初は吃驚《びっくり》させられた。熱帯の生れで、毛も短かかったが最初の日本の冬で急性肺炎を起して死んで了《しま》った。今は雌の方だけ残っていて、これが日本猫との混血児を生む。アンドレ・ジイドもシャム猫の雌だけ飼っていて、生れる子が三匹の中の一匹ぐらいは母親のとおりの毛色だ

土人形で
体高13cm。

シャム猫の絵がつけられた
扇子。長さ18.5cm。
（作者不詳）

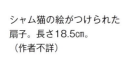

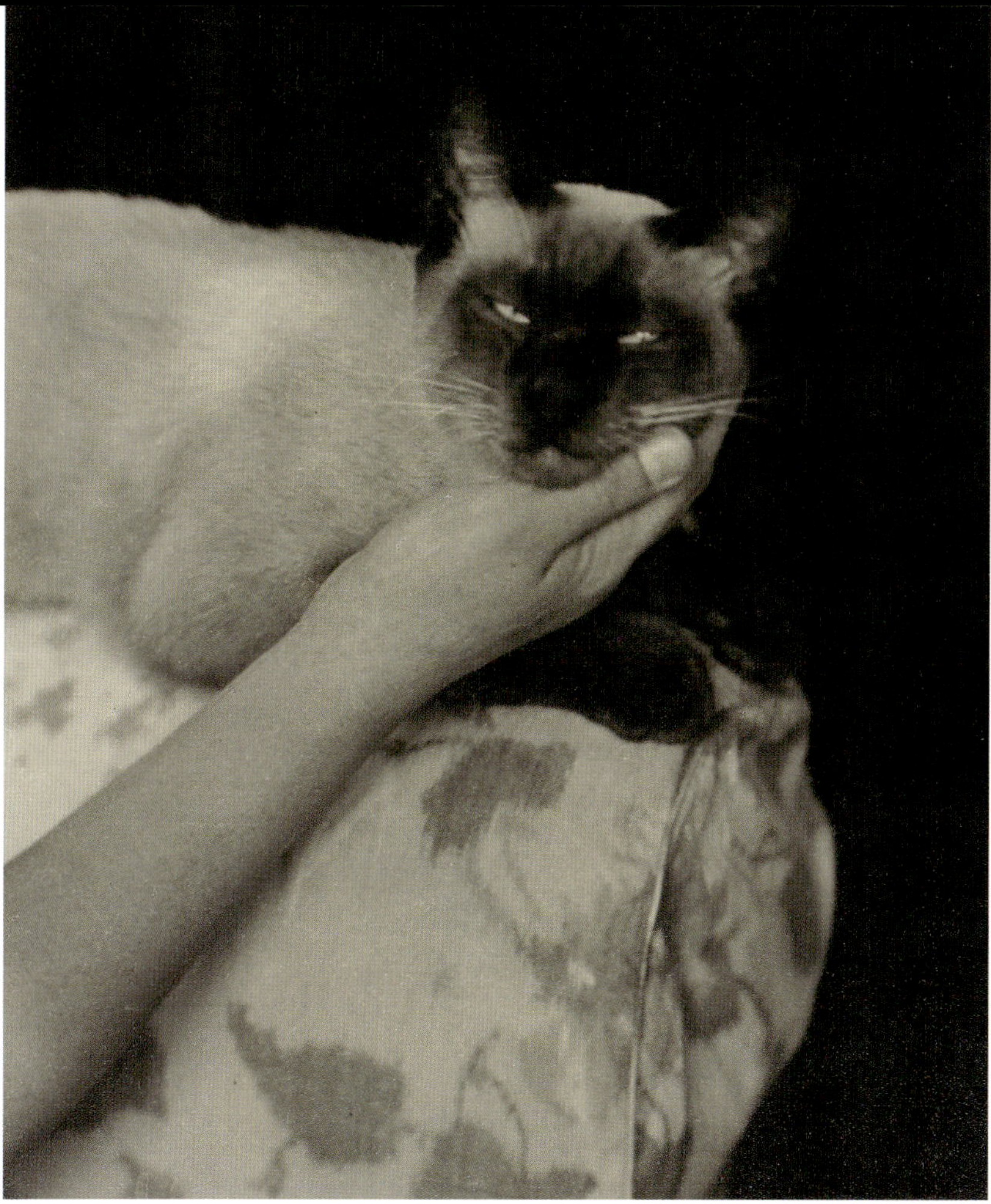

喉《のど》をなでられ、ご満悦の様子。アバ子、あるいはその子孫と思われます。大佛次郎撮影

と何かに書いていたが、僕のところのは、とんでもないのを時々生む。しかし全身がカット・グラスの焦茶色の猫が二匹ぐらいずついる。日なたで見ると、争われないもので、顔だけ面をかぶったように黒いから、おかしい。今、僕がペンを取っているソファの隅に二匹で抱き合っておとなしく寝ている。一匹はジャングル・ブックに出る美しい黒豹《くろひょう》のようだから、その名を取ってバギイラという。一つは「お茶」という。最近に生れたのにも、この種類が三匹いた。これは片岡鉄兵《かたおかてっぺい》君、相馬基《そうまもとい》君のところへ行くはずだ。別のは吉原のお茶屋の鈴木上総屋へ貰《もら》われて行く。お母さんがシャムの生れで子供が吉原の京町から江戸町へ通う粋事《いきごと》をやるわけである。

（1936年「猫々痴談」より抜粋）

「頓《とん》兵《べ》衛《え》」と障子

猫のことは、あまり書き度《た》くない。猫がいる故に、私は冬を迎えて寒い思いをしている。部屋にいて、障子を閉め切っていて、隙間風《すきまかぜ》が多過ぎたから気がついて見たら、新しく貼《は》った障子の一枚毎《ごと》に二こまずつ、猫が出入り出来るように穴があけてあった。つまり四枚並んだ障子に合計八個の猫穴があり、廊下の風が自由に入って来ている。まさか猫の数だけ出入口を作ったのではあるまいと考え、妻を呼び出して、猫が八匹いても出入口は一つだけあればよいわけだと叱りつけると、どうせ破きますから、沢山《たくさん》こしらえて置きましたと用意が好《よ》過ぎる挨拶である。家の中を人間が安らかに住むように考えるのではない。猫の都合で決まるのである。

実際に、私の家の襖《ふすま》障子は、破れていないことがない。子猫がいたら、一番、てっぺんの欄間《らんま》の近くまで穴があいている。大変ですなあ、これはと、客が同情してくれる。貼り変える勇気が出るものでない。時候のいい時は、破れたままにして置く。これは障子であって障子でない。障子の骨を飾って置くようなものである。

前にいた材木座の借家も、この調子で家の中は、さんたんたるものだった。小さい家だったが、大家さんは元蔵相の勝田主計《しょうだかずえ》氏であった。今の家に移る時、あまり荒れているから、畳を更《か》え、経師屋《きょうじや》を入れて襖も障子も新しくしてから、引越した。伝

1964年（67歳）。あいかわらず障子はビリビリで、骨（桟《さん》）すらなくなって通り道になっています。この年、地元・鎌倉の自然保護のため、イギリスのナショナル・トラストを日本に紹介します。

え聞くと、大家さんが、跡を見廻って、小説家と言うのも感心なものだと賞《ほ》めていたと言う話であった。

引越しの時、猫は無論、私たちと一所に新居に移った。頓兵衛と言う名の雉猫《きじねこ》であった。デベッカーさんと言う帰化外人の弁護士のところから貰《もら》って来たので、私たち夫婦とも親しかったマリイとイディスの姉妹のお嬢さんが、トムと名をつけていたのだから、日本人の私の家へ来て、トム兵衛と改めたのである。

引越して数日後に、この頓兵衛が行方をくらました。近所をさがしていると、勝田さんの留守番から電話があって、頓兵衛が来ていると知らせてくれた。猫は人間よりも家に附くと言うが、頓兵衛は、元の家へ帰っていたのである。新居からは十町あまりある遠い距離で、途中に滑川《なめりがわ》もあり、鉄道線路もある。どうやって帰ったものかと感心した。すぐに妻がバスケットを抱えて迎えに行き連れ戻った。

二三日後に、また電話があって、頓兵衛がまた来ていると、あった。今そこに寝ていたが、と見させると、果して、いなく成っている。同じことを、四度、繰返した。やがて頓兵衛は、元の家の近くに出没はするが、人間にはつかまらなく成った。探しに行っても無駄足ばかり繰返した。その間に、頓兵衛は、元の家の貼り更《か》えたばかりの障子襖《ふすま》に存分に爪を立てて、経師屋《きょうじや》が入る前の状態に戻した。それで満足したのか、遂に行方知れずに成って終《しま》った。西洋猫の血が入った猫で、年齢も年齢だし、たくましい奴《やつ》だった。

終戦後、私は雑誌を見ていて、来朝中のアメリカ大使シーボルトさんの夫人が、もと鎌倉にいたマリイ・デベッカーさんだと知った。失踪《しっそう》したままの頓兵衛の、昔の飼主である。デベッカーさんの家の墓も、私の家の墓地も、寿福寺《じゅふくじ》にある。現在のシーボルト夫人が鎌倉に墓参に来たことも聞いた。夫人のことを雑誌で見て、私は頓兵衛のことを思い出したのである。あれだけ存分に大がかりに新らしい障子襖を破いた猫を、私たちも、その後知らない。

戦争中、私たち夫婦が疎開しなかったのも猫がいたせいである。あの当時の物情、大小十三匹の飼猫を引連れて疎開出来るものではないから、運命と諦《あきら》めるより他はない。十三匹の猫の他に「通い」と言うのが、三匹いた。近所の飼猫で、食事時間に必ず、私の家へ通って来る奴である。その中の一匹が、現在でも通い続けて来るのは、主人の内所が戦後も思わしくないかららしい。それもこの猫は念入りに、裏木戸の柱を攀《よ》じ登る時に、呼鈴に手か足をかけて、堂堂とベルを鳴らしてから入って来る。来客かと思って返事をして出ると、台所口に、こいつが蹲《うずく》まっていて、こちらを見上げ、口をあけてニャーンと啼《な》く。猫では、いつまでも苦労することである。

（1950年「暴王ネコ」）

首が外れるようになっており、酒を入れるための容器でしょうか。青いガラス製で体高34㎝。革の蝶ネクタイとマントを羽織った洒落者です。

コレクション拝見

江戸の「丸〆猫《まるしめ》」、浪花《なにわ》の「初辰猫《はったつ》」

嘉永５年（1852）の文献や錦絵に記録があり、招き猫の造形物としては日本最古とされている東京・浅草の「丸〆猫」。今戸《いまど》人形と呼ばれる土人形で体高2.5㎝。腰の「丸に〆」は、お金や福を丸くしめるという意味をもつそうです。

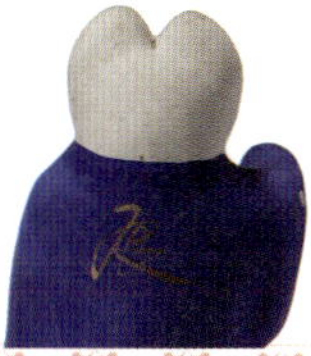

大阪・住吉大社内の楠珺社《なんくんしゃ》で授与される、羽織や裃《かみしも》姿の土人形「初辰猫」。毎月最初の辰の日（初辰）に小猫を求め、毎月欠かさず４年間続けると48体がそろうので「始終発達」という縁起担ぎになり、中猫と交換してもらえます。さらに小猫48体と中猫２体で大猫に交換してもらえ、大猫が対でそろうと満願成就になります。写真の中猫は体高11㎝、背中に「辰」の字が記されています。

名前は記されていませんが、きりりとした顔立ちの虎猫。49ページでは頓兵衛のことを雉猫《きじねこ》と述べていますが、黒と茶色の虎猫のことを、雉の羽の色に似ていることから雉猫と呼ぶそうです。大佛次郎撮影

消えた頓《とん》兵《べ》衛《え》

おしなべて、日本の猫は、都会的社交的であるよりも、田舎猫で、住む家に附属して、箱入り娘の気質であまり外へ出たがらない。外国種のシャム猫などは、その正反対で、家につかず、人に、特にその中の誰《だれ》かひとりに馴染《なじ》んで、他の家人さえ無視する性質があるが、日本の猫は、「家猫《いえねこ》」と言われるくらいに、人間よりも家になついている。だから、引越の多い都会人の生活には向かず、猫らしい猫は、田舎の家に住みついたものに見かけられる。

猫が家についている性格は、飼主が引越して、よそに移った時にあらわれる。よほど途中も注意してバスケットに入れて連れて行っても、猫は引越嫌いで、別の家のにおいが我慢できないと見え、飛び出して、も

との家へ帰ろうと始めるのだ。しばらく柱につないで置いても、放してやると、いつの間にか逃げている。もとの家が、すぐ見つかる近い場所にあればよいが、遠くてわからないと、猫は新しい家へも古い家へも帰れないで、道を失って行方《ゆくえ》不明となる。

私の家にいたトンベエと言う名の虎猫がそれであった。同じ市内でも二キロばかり遠い距離を引越したのだが、現在の私の家から姿を見せなくなったので、探しにやると、空屋となったもとの家に帰っていた。連れて戻ると、また逃げて帰った。同じことをくりかえして、食物も貰《もら》えない場所にどうして帰って行くのかと不思議に思っていると、四、五度目の家出に、もとの家の襖《ふすま》や障子を爪《つめ》を立ててさんざんに破って、どこへ行ったのか、姿を見せなくなった。身についた癖とは言いながら、なんとも哀れで、その後も見にやったが、ついに行方不明になった。

（1971年「客間の虎」より抜粋）

1926年（29歳）、猫を抱いて。

陶器製の雉猫で体長15㎝。こちらもりりしい雰囲気です。

「小とん」と「シロ」

ペルシャ猫。イギリス猫。シャム猫。こうした素晴しい猫が僕の周囲にいると思っている人がいる。いや、全く自分でもいたらいい、欲しいなと常に心に描いている。少し馬鹿でもよろしい。あの豪華な装いをし、スカーツを曳《ひ》いて歩いているが如《ごと》きペルシャ猫を想《おも》うとき、何か心にときめくものがある。シルバァフォクスに似た毛皮をピッタリ膚《はだ》につけ聡《そう》明《めい》な眸《ひとみ》と意気な歩き振りのイギリス猫。剽悍《ひょうかん》なシャム猫。それぞれが皆、日本の猫より美しい事は、較べる方が間違っているかも知れない。

是《これ》は負惜《まけおし》みといわれるかも知れない。併《しか》し今私の身辺にいる二匹——匹といい度《た》く無い程に彼等《ら》は私の家族の一員だ。——の白いニッポンの猫。

コトンとシロ。純白でなんと立派な身体をしている事だ。

日本の猫でも、是を人間同様の生活習慣に入らせ、鼠《ねずみ》を取る事にも酷使せず、或《あ》る程度の贅沢《ぜいたく》、傲慢《ごうまん》を許すならば、決して外国の猫後におちるものではない。

コトンとシロは兄妹である。しかも純白なので、どっちがコトンでシロか人間の双児《ふたご》以上に判別がつかない。私や家庭のものにはその態度ですぐ見別《わけ》られるが他人には分らないらしい。だから出鱈目《でたらめ》に呼ぶと非常に冷淡に素通りする。

この二匹は食事の要求以外には、殆《ほとん》ど鳴き声を出さぬ、猫は私の傍《かたわ》らにいる場合も絶対に黙りこくっている。夜半机の隅で此《この》二匹の猫が私を間にしては眠る。

（1932年「私の猫」より抜粋）

「小とん」らしき白猫。
大佛次郎撮影

1958年（61歳）。この年はアメリカ、ヨーロッパ諸国を旅行。神奈川新聞で随筆「ちいさい隅」の連載を始め、72年まで続きます。

土人形で体長8.5㎝。小物入れでしょうか。

陶器製で体長5.5㎝。安産で多産な犬にあやかった「犬筥《いぬばこ》」という箱があり、嫁入り道具や雛祭りの丁度としても用いられていますが、その猫バージョンではないかと思われます。

「猫々痴談」が掲載された雑誌『ホーム・ライフ』（大阪毎日新聞社・東京日日新聞社）1936年5月号に、小とんが載っています。確実に小とんと分かる貴重なカットです。

親愛なる「小とん」

小とんと云《い》う芸者にでもありそうな名の白猫は取って十歳だ。目方は二貫目ある。日本猫らしいおおまかな、のどかな気性で、十歳にもなると、人の顔も覚えているらしく往来で逢《あ》うと啼《な》いて挨拶《あいさつ》する。家の者には犬のように一、二丁はついて歩く。出入りの戸も前肢《まえあし》を使って自分であける。早く化けろ、小とん、と僕はいいきかせている。手拭《てぬぐい》をかぶって踊れるようになったら、新橋あたりへ出してやろう。僕の悪口をいう批評家でもあったら、鍋島《なべしま》の猫のように宙を走って仇《あだ》を討ってくれるかも知れない。御用心、御用心。

（1936年「猫々痴談」より抜粋）

日本画家・中村岳陵《がくりょう》によって、裏地に白猫が描かれた羽織。鎌倉文学館蔵

猫が年老いて「猫又《ねこまた》」という妖怪になると、尾が二又に分かれ、手拭いを被って踊るようになるといわれています（103ページ参照）。

私は自動車の通る国道を渡って、かなり先の繁華街の家の屋根に、我が家の猫の一匹が居るのを見つけた。声をかけて名を呼んだが、恋に狂っているせいかこちらを見向きもしない。百メートルばかり離れた路地を、せっせと歩いて行くのを見つけて名を呼んだら、警戒するように、ちょっと振り返って見ておきながら、御恩になっている御主人とも見えなかったらしく、道ばたの生垣《いけがき》の根をくぐって、忽《たちま》ち、姿を隠した。外で出会ったら、主人でも知らぬ顔をして済ます習慣なのである。

一匹だけ例外があった。前に出たトンベエの息子の「小トン」と言う白猫である。私たち夫婦が外出すると、外に出て、路地の入口にある湯屋の屋根に腹ばいになって待っていて、私たちが帰って来ると、向うから「にゃあ」と、ひと声かけて迎え、ひらりと地に飛びおりるや、私たちより先に路地を、とっとと、調子をつけて駆けて戻る。家に先ぶれするように、それも自分がどんなに悦《よろこ》んでいるのか、可憐《かれん》な手足の動かし方によく見て取れるような明るい動作で、先に立って帰る。長い歳月の間に、シャム猫もふくめて、夥《おびただ》しい数の猫と一緒に暮らしたが、この「小トン」が飛びぬけて悧口《りこう》だったようである。その他の猫は、家の極《ご》く近くでなく外で出会うと、私を見ても私とわからないか、知らぬ顔をする。「小トン」は、夜でも私たちの足音を聞くだけで、それと判ったらしく、こちらで見つける前に、屋根の上から啼《な》いて話かけて来るのであった。犬では珍しくないことだろうが、気位高く、少しお澄ましの猫たちは、自分の感情を人に見せるのを避けるものなのである。

（1971年「客間の虎」より抜粋）

名前が記されていない白猫。大佛次郎撮影

鞠《まり》遊び

コレクション拝見

なんとも愛らしい表情の土人形。布製の赤い首環《くびわ》を巻いています。体長４㎝。

土人形で体長６㎝。布紐《ぬのひも》で首の環が結ばれています。

セルロイド製で体高７㎝。底に金属の重りがあり、起き上がり小法師《こぼし》のように揺れ動きます。

プラスチック製で体長13㎝。ゼンマイを巻くとボールを追いかけていきます。

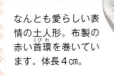

愛猫の飼い方と馴《な》らし方

大佛次郎夫人―野尻酉子《とりこ》さんのお話

（1935年博文館『農業世界』30巻15号より抜粋）

猫に対する愛着

わずか二、三日の旅に出ても、すぐ可愛いい猫たちのことが心配で、じっとしていられない気持ちになります。悪い物を食べてお腹《なか》でも壊していないか、外に出て怪我《けが》でもしてきていないかと、母が愛児を案ずるように、いろいろと案じられて……。帰って、皆の達者な姿を見るまでは、ホッと安心することができません。

手塩にかけて飼ってみると、どの猫も一様に可愛く、少しの差別もつけられません。聴覚が発達しているだけに、敏感に足音を聞き分けて、私が外出から帰ると、すぐ皆が駆け集まってきます。甘え声を出しながら、まつわりついたり、手にした包みを覗《うかが》ったりするのは、母の帰りを待ち侘《わ》びる、頑是《がんぜ》ない子らと同様に思えます。

1934年ごろの酉子夫人。まだ「アバ君」と「アバ子」の2匹ともがいたと思われます。

私の家に最初飼った猫は、日本在来の種類でした。主人が大の猫好きなので、私が他家から一匹貰《もら》ってきたのでした。

そのうち、一匹では淋《さび》しいだろうと増やし、捨て猫を見ると可哀そうだといっては拾ってきて、次第にその数が増えました。ある時など、二、三匹がほぼ同じ頃にお産をして、五十匹位になったこともあります。主人は猫のほかに、玩具、彫刻、絵画、写真、文献等々と蒐集《しゅうしゅう》していますので、家の中は猫が幅を利かしている有様です。

（中略）

健康に善良に育てる法

猫でも人間の場合と同じく、小さい時からよい習慣をつけておけば、健康で美しく、しかも性質の素直なものになると思います。

飼い主が心からの愛情をもって親切、細心に面倒を見てやることは、最も肝要なことでしょう。具体的にいえば、第一に偏食を避けること、それには小さい時から、いろいろな食べ物を与えて、何でも食べ得るように馴《な》らします。次には規則正しくすること、食事や寝床に入る時間を定《き》めておき、食べ物は一匹分ずつ別な食器に盛って与え、寝《やす》む場所は定《き》めておきます。衛生・清潔に気をつけること、皮膚病にかかっていないか、蚤《のみ》など集まっていないかを調べてやり、月に一回は虫下し（一、二歳の小児の分量）を飲ませて、回虫・条虫等を駆除してやります。また、放尿、放糞の場所を定《き》めておくと、大変具合がよいと思います。私の家では、約一尺五寸四方の木箱に、砂を厚く敷いて、縁側の隅に置いてありますが、他の場所を汚すことがありません。砂は毎朝、必ず取り換えるのはもちろんのこと、汚したたびに取り換えるので臭いこともありません。

（中略）

猫の名で泥棒退散

猫の名は、その時々によって、適宜につけることにいたしております。今いるのは「小トン」「アバ子」「オシャマ」「黒助」「ビーツク」等です。

「小トン」というのは、親猫の名が「頓兵衛《とんべえ》」といったからです。「頓兵衛」はペルシャ猫でしたが、元の名は外国の夫人の命名で「トム」といいました。「トム」をもじって日本名の「頓兵衛」としたのですが、頓兵衛が泥

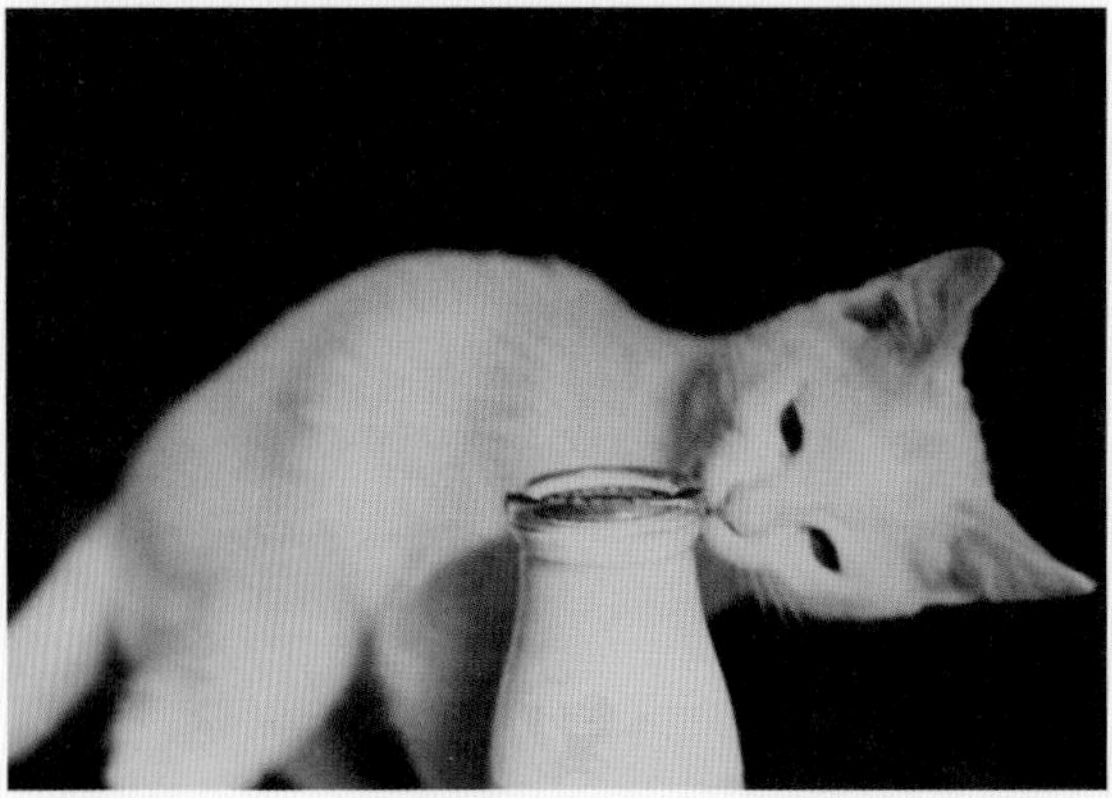

ともに白猫「長子さん」の子猫時代。
愛情がひしひしと伝わってきます。大佛次郎撮影

アバ子の子孫と思われるシャム一族。大佛次郎撮影

棒を退散させた面白い話があります。

ある晩、頓兵衛が外出しているので、帰ってから入れるように、お勝手の戸を細めに開けておきました。その晩主人が仕事をしていたので、私は奥の間で遅くまで起きていました。すると、お勝手の戸がゴトゴトいうので、頓兵衛が帰ってきたのだと思い、

『頓兵衛さんかい、頓兵衛さんかい?』

と声をかけました。そのとき、大きい音がしたと思うと、逃げてゆくような人の足音が聞こえました。「泥棒だったのだ」と思って、ひやりとしたのですが、後で聞くと、その晩近所に泥棒に襲われた家があったそうです。泥棒は「頓兵衛」という名の男がいると思って、恐れて逃げ出したものでしょう。

「小トン」は家の猫の長老で、もう十年から生きています。純白の毛色で、兄弟の「シロ」とともに若い頃はかなりの暴れ者でした。よく近所の犬と喧嘩して、生傷が絶えなかったので、禁足のために二匹とも去勢しました。今では、すっかり老大家の風格が備わって、子猫達が自分の食物を横取りしても、平気な顔をしています。

「アバ子」はシャム猫で、もとの名を「ミネット」といいます。アバ子には「アバ君」(もとの名はマトー)という同族の婚約者《フィアンセ》がありましたが、不幸にも花婿は夭折《ようせつ》してしまいました。どっちも負けず劣らずの暴れ者でしたので、「アバ」と呼びました。ところが「アバ、アバ」と呼ぶと、一緒に二匹が出てくるので、夫を「アバ君」妻を「アバ子」と呼ぶようにしたのでした。

「ビーック」はアバ子が第一回に産んだうち唯一の生存者ですが、親猫がくわえて跳んだとき、つい取り落として咽《のど》を傷《いた》めました。それ以後は、絶えず咽を鳴らしているので、「ビーック」と呼ぶようになってしまいましたが、あまり有難くない名のようです。

「オシャマ」「黒助」等々は、その性質や毛色によってつけた名前です。

近いうちに、アバ子が第三回目の分娩《ぶんべん》をしますが、さて、どんなのが生まれるか、今から楽しみでもあり、また、心配でもあります。

協力/博文館新社

コレクション拝見

異国猫

スウェーデン製の木彫りで体高23㎝。モダンなデザインで、木目がうまく生かされています。

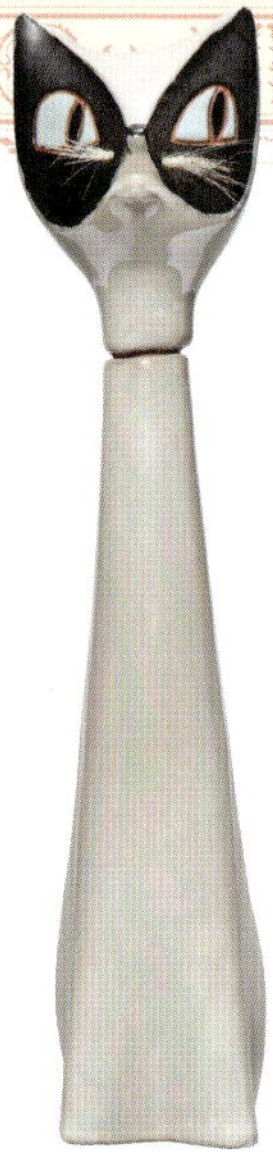

オーストリア製の陶器で体高25㎝。首がはずれてコルクの栓がついているので、お酒などを入れるボトルでしょうか。

オーストリア製の陶器で体高30㎝。用途は不明ですが、中空なので花瓶かもしれません。

メキシコ製の陶器で体長21㎝。「ティールーム霧笛」蔵

メキシコ製の陶器で体長29.5㎝。ライオンのたてがみのように見えます。

第3章
『スイッチョねこ』の世界

『スイッチョねこ』は１９４６年に発表された、白猫の白吉《しろきち》が主人公の童話です。

うっかりスイッチョ（ウマオイムシの俗称）を飲み込んだ白吉の、お腹《なか》の中から鳴き声が…。

複数の画家による、詩情あふれる絵の世界をお楽しみください。

１９７１年11月に朝倉摂《あさくらせつ》の絵で講談社から刊行された際の、ケースの背表紙の原画。白吉の、ちょっとおすましした姿でしょうか。

一緒に暮らす猫たちを見ている間にできた作品

わたくしは小さい時分からねこがすきで、今の年になるまで、七十年間にどれほどたくさんのねこをかってきたか、かんじょうができません。ですから、家にいるわたくしの身のまわりには、大小のねこがいて、からだをまるくしてすわりこんだり、ねころんだり、かけまわったりしています。かれらを見ている間に、「スイッチョねこ」ができあがりました。うずくまっているねこを見まもっていて、かれが今、何を考えているのか人間のわたくしが想像すると楽しいのでした。この話に出てくるお医者さんのねこも、母親のねこも、かれらを見ている間に、できました。スイッチョは、わたくしの小さい庭で、季節がくると、よくなきます。小ねこはそのなくねをたよりにさがしに出て、うまくつかまえると、口にくわえてわたくしたちに見せに、かけて家の中にもどってきます。

（1971年「ねことわたくし」）

朝倉摂《あさくらせつ》による講談社版（1971年）のケース原画。朝倉摂（1922～2014）は日本画家の伊東深水《しんすい》に師事していましたが、やがて蜷川幸雄《にながわゆきお》演出の『近松心中物語』や市川猿之助《えんのすけ》演出の『ヤマトタケル』などの舞台美術、小説や絵本の挿絵も手がけるようになります。少女時代から猫は家族の一員だったようで、父親の彫刻家・朝倉文夫《ふみお》とともども猫好きでした。

講談社版『スイッチョねこ』の表紙と裏表紙。

すべて朝倉摂《あさくらせつ》の原画。母猫が子猫たちを連れて虫の声を聞いている場面（右）。大あくびした拍子に虫を飲み込んでしまうところ（上）。猫のお医者さんにお腹《なか》を調べてもらっているところ（下）。

一世一代の傑作

　私は物など書かないでネコのように怠けて好きなことをして日だまりで寝ていたい。近ごろそう発心《ほっしん》したのではなく、若い時分から移り気で怠けものなので、ネコになることを望んでいた。物を書き始めても怠けものの性質が出て、ほんきに成れない。作家になるのに必要なうぬぼれがなかった。今でもそれは同じことである。若いころのもので『霧笛』だけがふしぎと気を入れて書いた。伴奏の木村荘八《しょうはち》氏の画がよかったのに誘われたのと、何と言っても若さのせいである。むやみやたらに数だけ書いていたが、別に書きたいものもなく筆を執《と》っていた。いやでいやでたまらなかった。

　そのうち戦争で同盟通信社（共同通信社の前身）からジャワ、スマトラの建設状況を見に行くことになり、アンダマンやサパン島の空を飛んでいたら、その内に死んで一生も終るのだと気がつき、何も仕事らしい仕事をしないのが心残りになった。自分の持っているものがあったら、せめて書いて置きたいと思った。そのころ書いた『乞食大将』は怠けない作品の最初であった。終戦後の『帰郷』は、例によって何の用意もなく書き始めた。書くと言うよりもコンポーズしたものであった。東と西の出会をいつか書きたいと思っていた意図の動きがあった作文である。

　その後に私は『風船』を書いた。これは素直に自分が出たし『帰郷』のように怒り肩でない。自然で今でも私の作品の中で一番気に入っている。『幻燈』と言うのも終戦後に書いた。開花期を舞台にして『霧笛』の青春でなく、もっと穏やかに同情の微笑にくるんで開花の世態をながめたものである。

　昔を書いたものでは、私は目下のところ窮屈な徳川時代から離れて、室町時代、安土桃山時代に興味を感じている。日本の近代の出発点のせいもあろうし、あの時代の文化は日本が自分のものを作ろうと初めて試みたものと思うからである。フランスの第三共和制のドレフュス、ブーランジェ、パナマ、それ以前のパリ・コミュヌに手をつけたのは、私が大学で政治学を習ったせいだし、フランス語を少し読むので、何か日本の民主政治のお役に立てばと考えて始めたらしい文章である。

　私の一代の傑作はほんとうは終戦後、藤田圭雄《たまお》さんがやっていた「赤※とんぼ」に書いた『スイッチョ猫』と言う短い童話である。十二、三枚のもので、珍しく、書いたものでなく生まれたものだった。子ネコが庭で遊んで、あくびをしたらスイッ

※『赤とんぼ』には掲載されていませんので、勘違いと思われます。

スイッチョ猫《ねこ》

大佛《おさらぎ》次郎《じろう》

（え）猪《ゐの》熊《くま》弦《げん》一《いち》郎《らう》

秋が來て、いろいろの蟲が庭へ來て
くやうになりました。晝間《ひる》、明かる
日があたつてゐる時も、木のかげや
の中で細い聲でないてゐますが、日

はに出て蟲の聲を聞いてゐました。

「蟲を取るのはよいけれど、食べるのはおよしなさいよ。あたつて、お腹《なか》をわるくするわるい蟲もゐますからね。」

と小猫たちに注意《ちゆうい》しました。

『こども朝日』（朝日新聞社）1946年10月1日号に掲載された「スイッチョ猫」。三越の包装紙のデザインでも知られる洋画家・猪熊弦一郎《いのくまげんいちろう》による挿絵です。

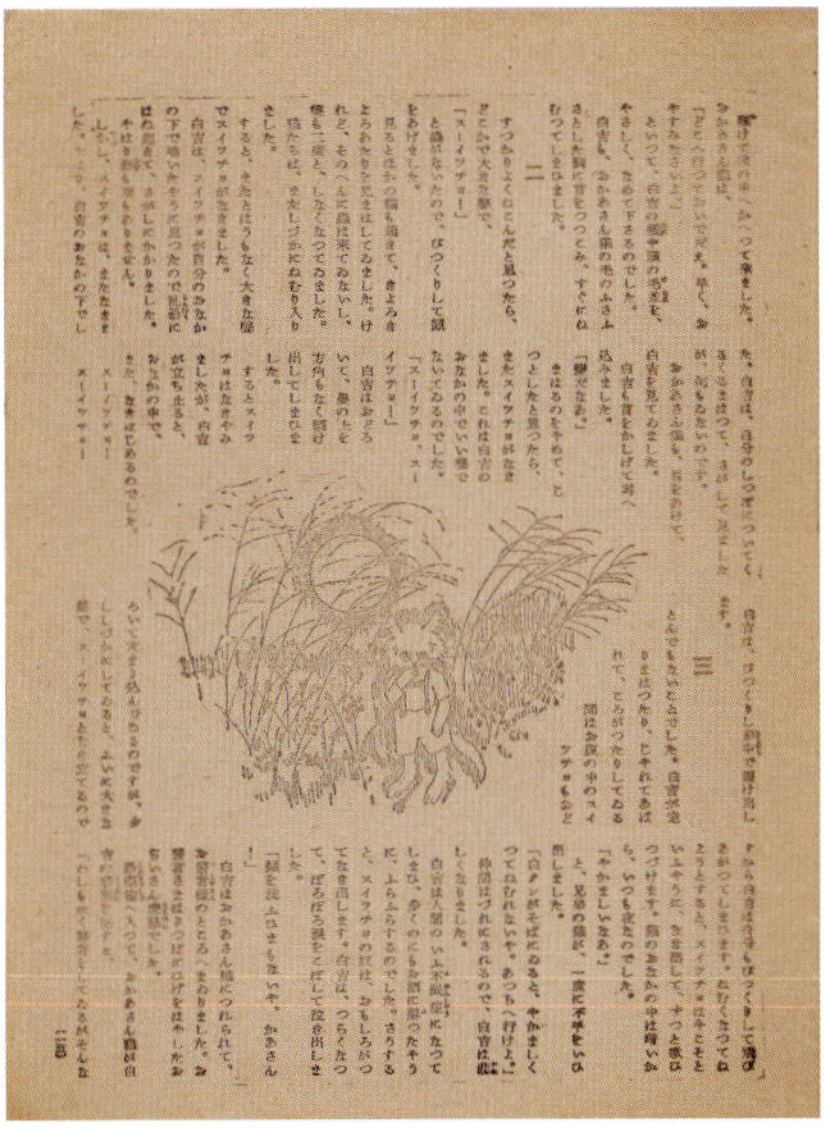

チョが飛込んでしまい、しばらく腹の中で鳴く話である。ネコは不眠に陥《おちい》る。ねむったかと思うと、スイッチョが急に腹の中で鳴くので、おどろいてとび起き、あたりを意味なく駆けまわるのである。子どものころからねむりネコだった私のスイッチョは何だろう？

（1962年「わが小説」）

1975年に刊行され、現在も発売されている『スイッチョねこ』（フレーベル館、絵：安泰《やすたい》）の原画。安泰（1903〜1979）は日本画制作のかたわら児童雑誌『コドモノクニ』などに絵を描き始め、童画に専念するようになります。『どこからきたの　こねこのぴーた』『めんどりとこむぎつぶ』など動物の生き生きとした描写に定評があり、『スイッチョねこ』の絵を描く際は実際に子猫を飼って丹念に観察したそうです。

1971年、フレーベル館の『キンダーおはなしえほん』10月号として発刊された『スイッチョねこ』。上が表紙で下が裏表紙です。安泰は1966年の『キンダーブック』にも『スイッチョねこ』を描いていますので、合計3回描いていることになります。

コレクション拝見

木彫猫

体長11㎝。日光東照宮の眠り猫を、より鋭いイメージで表したような作品です。底に「瑞雲作」と銘があります。

体高4.5㎝。一刀彫りのような雰囲気の招き猫です。右手の金色は小判を表しているのでしょうか。

体長7㎝。こちらも荒いタッチが魅力的な眠り猫。

体高13・5㎝。年代物で、エジプトあたりの座像にも似ています。

第4章 猫の「おもちゃ絵」

『霧笛』や『幻燈《げんとう》』といった大佛作品の挿絵を描いた木村荘八《しょうはち》。彼もまた無類の猫好きで、その没後、蒐集《しゅうしゅう》した猫の浮世絵や「おもちゃ絵」（子どもが遊ぶために作られた浮世絵）が、形見として大佛へ譲られました。

解説／**長井裕子**
（那珂川町馬頭広重美術館主任学芸員）

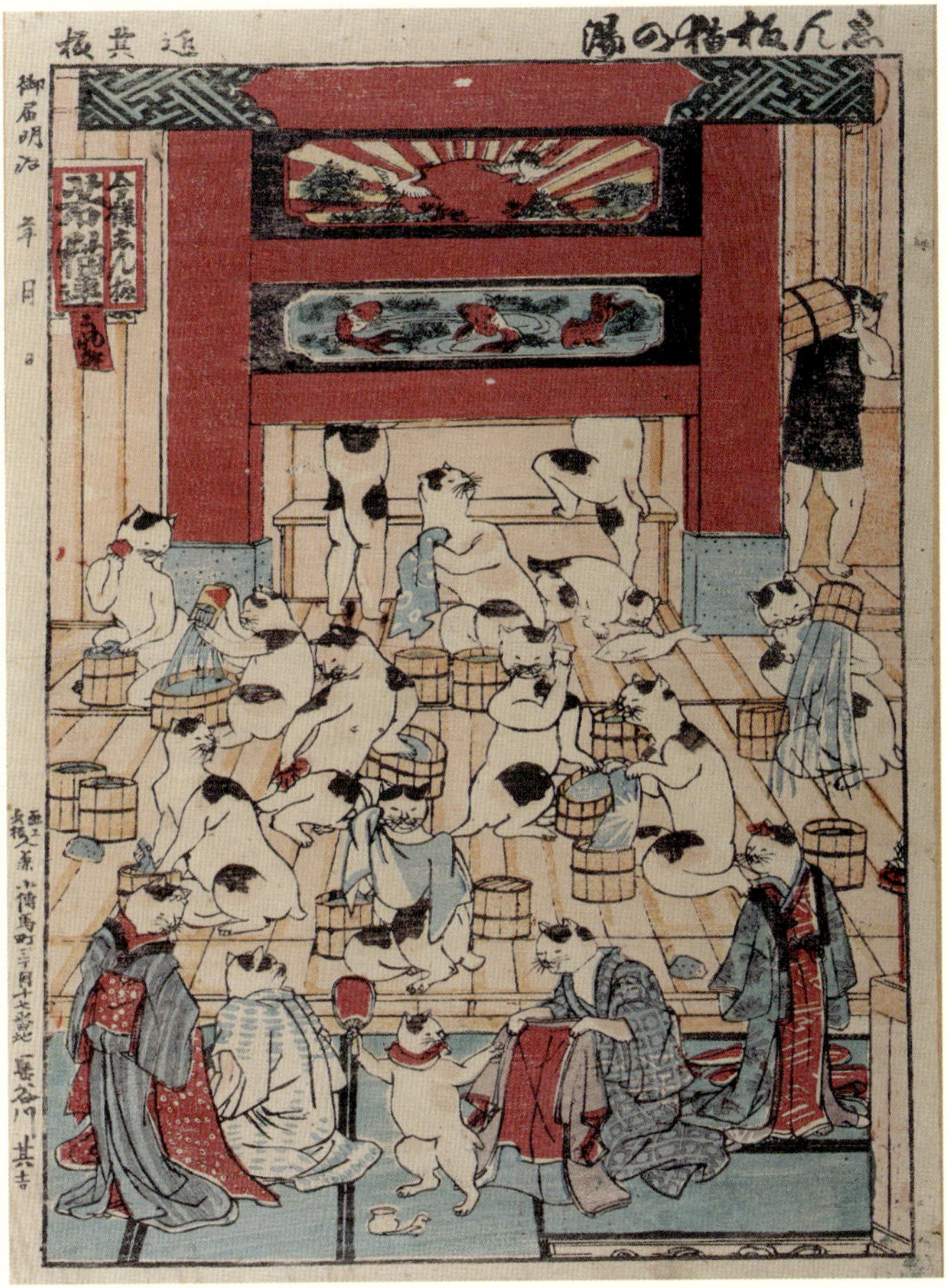

志《し》ん板《ばん》猫の湯

作者不詳 •明治時代前期

湯屋に集まる、たくさんの女猫や子猫たち。正面にはお日様や鶴、金魚の彩色画の「石榴口《ざくろぐち》」があり、２匹の猫が段を上って奥にある浴槽につかろうとしています。石榴口は間口が低いため、屈《かが》んでくぐらないといけませんが、これは浴槽の湯気を逃がさないための工夫です。また石榴口という名称は、鏡を磨くのにザクロの酢が必要とされたところから、「鏡要《い》る」に「屈み入る」を掛けたものだそうです。その脇では桶《おけ》を抱えた三助《さんすけ》さんが、背中を流して、という声がかかるのを待っています。

猫友達だった木村荘八《しょうはち》

画家の木村荘八さんがなくなった。お通夜に出かけようとしたら、妻が何か紙包をこしらえて私に渡した。

「なんだ?」

と、尋ねたら、

「猫にお見舞です」

と言う。お通夜の混雑で、木村さんの家の猫が皆に忘れられていよう。海の近い鎌倉から、タタミイワシと、夕方、焼いた鯵《あじ》を差入れようとするのだ。

木村さんの家は、私のところと並んで、飼っている猫の数では、まず日下開山《ひのしたかいさん》の両横綱であった。いつも十四より下ったことはなく、顔が合うと、

「お宅は、当時」

と半分言っただけで猫の数のことと話が通じて、

「十四匹ですよ」

「それは、内より一匹多い」

おたがい様、もう六十歳を越しているのだから、たいそう、おとな気ある会話であった。

(中略)

普通、猫を魔物として遺骸の脇《わき》に近寄らせないのが日本の古い風習だが、この家では人の間を、のそのそと出たり入ったりする。私の通夜も、こんなことに成ろうと他人事でなく眺めた。

お棺におさめた木村さんは、生前より顔も若く色までよく見えた。しかし、口をきかなくなったとは、何とも冷たく静かなもので、別れたさびしさが身に沁《し》みて感じられ、涙をこぼした。

1956年、大佛次郎原作『霧笛』の舞台稽古の様子(歌舞伎座)。舞台下の白いシャツが演出する大佛、その右隣が美術を担当した木村荘八。

猫の奴《やつ》は、一向、平気でしたよ。木村さん。そう知らせることが出来たら、木村さんは答えるだろう。

「それで、助かりますね」

(1958年「お通夜の猫」より抜粋)

木村荘八『猫の銭湯』（1953年ごろ）。猫好きの木村が、
おもちゃ絵を参考にして描いた版画。

新板《しんぱん》猫乃温せん

歌川芳藤《よしふじ》 ●明治13年（1880）

「温泉」と書かれた旗がたなびく大きな風呂屋。西洋風の洒落た門があり、座敷も洗い場も明るく広々としています。左上の瀧湯《たきゆ》コーナーでは、落ちてくる湯に打たれて遊ぶ子猫たち。２階には風呂上がりに一杯やりながらリラックスする猫たちが描かれています。

明治12年（1879）に前出のような石榴口《ざくろぐち》のある浴場が禁止されると、代わって広い洗い場や板間に沈められた浴槽、湯気抜きの窓のある高い天井が設けられた「改良風呂」が普及していきました。開放的で清潔感のある新しい銭湯は「温泉」とも呼ばれて評判になり、その人気を反映するようにたくさんの「猫の温泉」のおもちゃ絵が作られています。

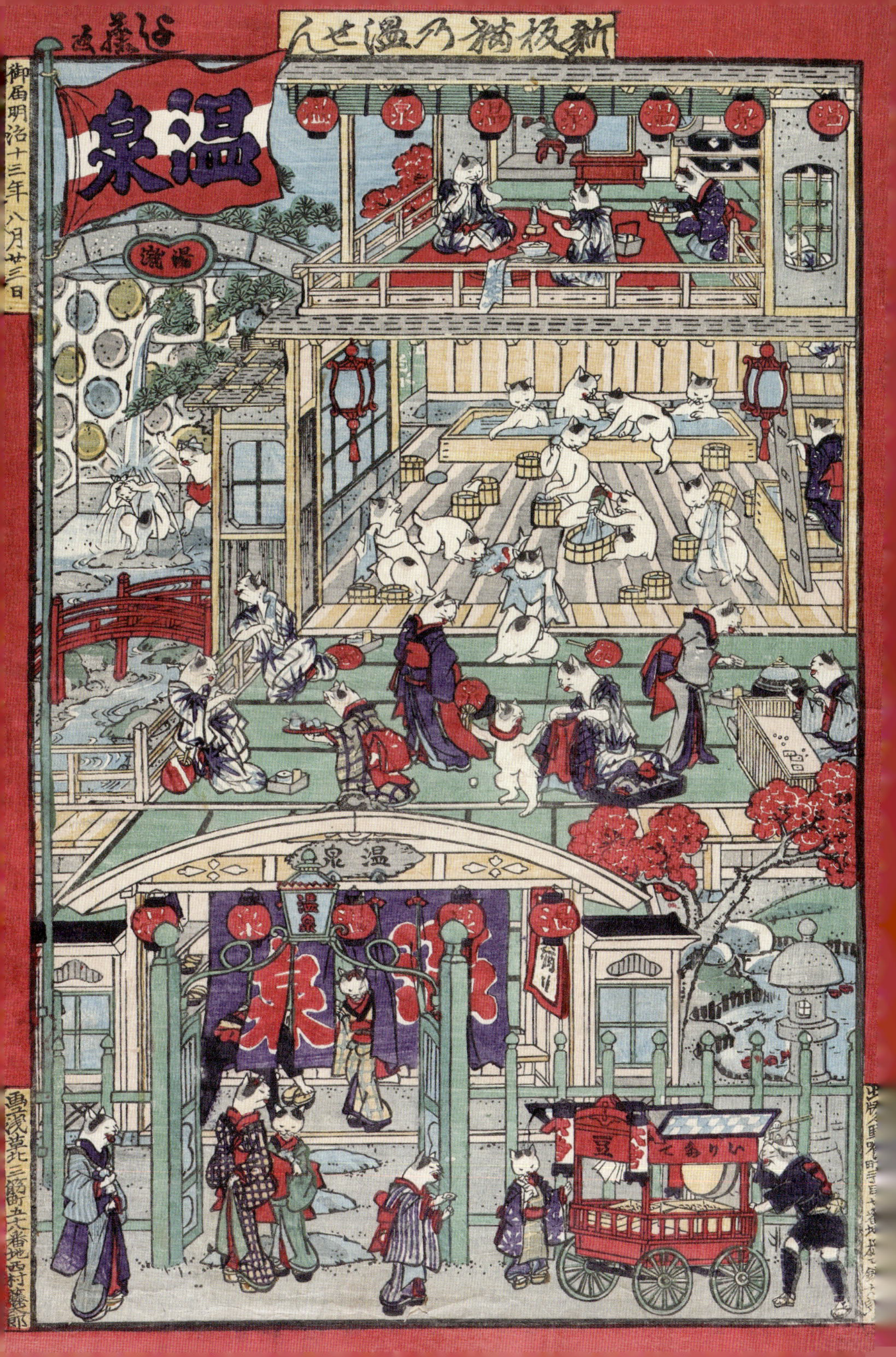

新板猫乃温せん
芳藤画
御届明治十三年八月廿三日
温泉
温泉

ぶちや　ぶちや　ぶちや
じゃれろ　じゃれろ　じゃれろ

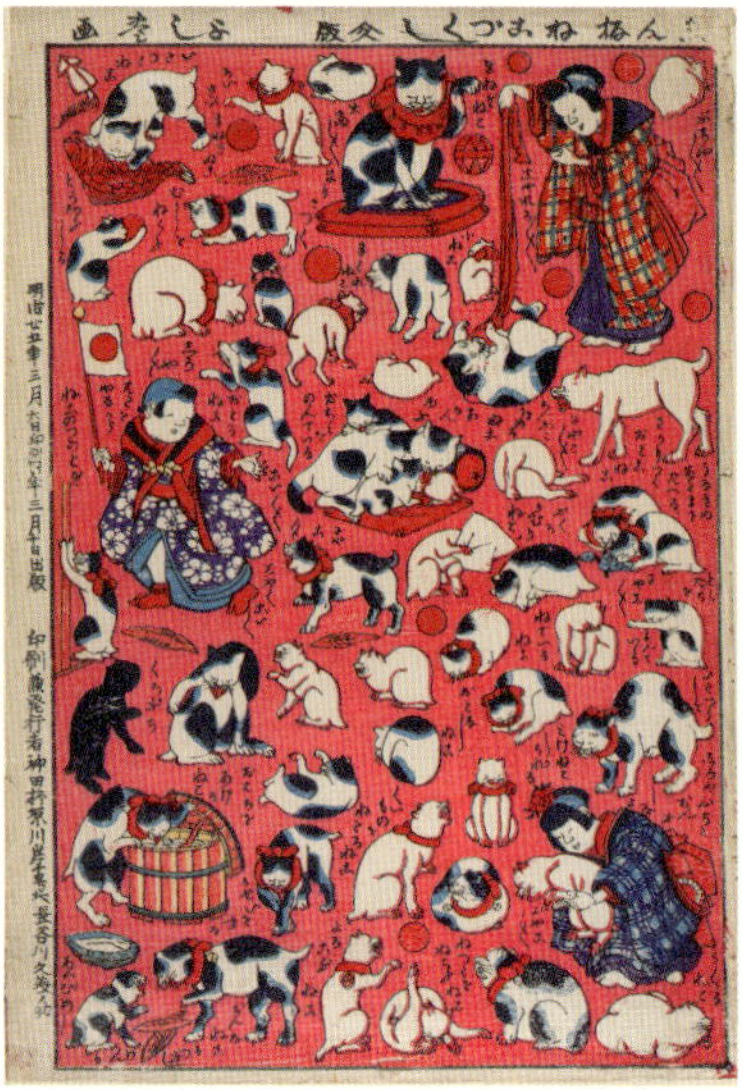

志ん板ねこづくし

よし盡　●明治25年（1892）

黒猫やぶち猫、白猫などさまざまな種類の猫たち。イカや鰹節《かつおぶし》、鯛《たい》、鰻《うなぎ》など、猫の好物と一緒に描かれています。あちらこちらに転がっている鞠《まり》は、当時の猫の定番のおもちゃ。「おはちをあける猫」「袋かむりの猫」など添えられた言葉とともに猫の様子を見ていくと、今とはちょっと違う明治時代の猫の生活が見えてきます。

紐《ひも》にじゃれさせたり、旗を持って子分のように従わせたり。子どもたちは、楽しくて仕方ないというように微笑《ほほえ》みながら猫と遊んでいます。でも、ぶち猫におんぶをさせられそうな白猫は、迷惑そう。「にゃごにゃご」と鳴いて抵抗しています。

猫なで声

しろや　しろや　しろや
旗をやるから
早くこい　こい

しろや　ぶちとおんぶしなよ
にゃご　にゃご　にゃご

猫のしぐさ

招き猫
大当　大当　大当　まりをつく

袋かむりの猫

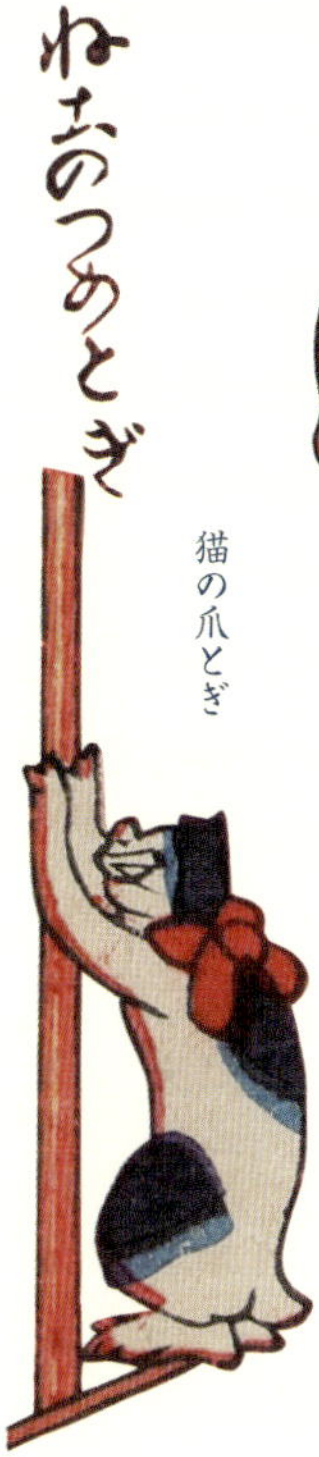

猫の爪とぎ

おどる猫

爪を研いだり、鞠で遊んだり、踊ったり、袋を被せられたりと、いろいろな猫のしぐさが巧みに描かれていますが、その多くは歌川広重が作った手本をまねたものです。

あかんぼう
お乳を飲んでいる

うなぎの頭を食べる

食いしんぼ猫

鰻は猫の大好物ですが、高級な蒲《かば》焼《や》きはなかなか口にすることができません。２匹の猫は鰻の頭をおいしそうに食べています。

おはちをあける猫

昔の猫は白いご飯が大好きだったようで、お鉢《はち》をあけてこっそりご飯を食べるいたずら猫が浮世絵にはよく描かれています。

おんな猫　かつぶし　けんか
あわびめし

女猫と子猫が鰹節《かつおぶし》をめぐって喧嘩《けんか》しているようです。鮑《あわび》の貝殻にご飯が盛られ、「あわびめし」と書かれていますが、当時、鮑の貝殻は猫のお茶碗として使われていました。

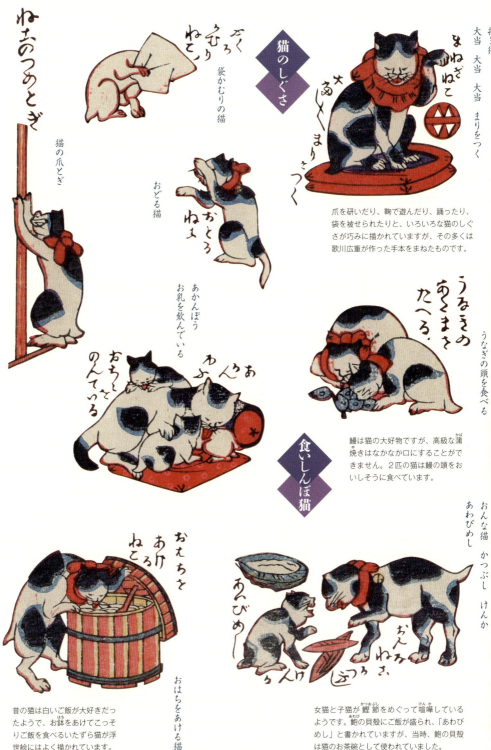

ちょいとやりなよ
そら扇が
でなけりゃものごと

角兵衛獅子は江戸・明治時代に人気の高かった大道芸です。もんぺをはき、赤いしころ（頭をおおう布）のついた小さい獅子頭を頭上にのせた少年たちが、親方の太鼓に合わせ曲芸を演じています。その危ない芸を、子どもたちはどきどきはらはらしながら眺めています。

新板猫のたわむれ

小林幾英《いくひで》 ●制作年不詳

街は大道芸で大にぎわい。角兵衛獅子《かくべえじし》や住吉踊り、花籠鞠《はなかごまり》などの曲芸に子どもたちは大興奮です。路上ではしゃぼん玉や紙製の蝶々《ちょうちょう》など魅力的なおもちゃも売られています。お姉さんやお母さんにおんぶされて見ている子猫もいますが、当時は大道芸や物売りのパフォーマンスを家族で一緒に楽しんでいたのでしょう。

角兵衛獅子

そんなにかけて
ころぶといけない

あらあら　あんな高い
高いにいるよ

おもしろいから
早くおいで

あぶないなア
おいらもしようか

きまらん
よいとどっこい

テンテン　テテンテンコ
テンテンテンテン

もちっと歩いて

おやおや　重たい

尾張の城の
しゃちほこ　しゃちほこ

蝶々売り

編み笠を被っているのは、「蝶々モ止レ」と呼ばれる商人。細く削った竹の先に紙の蝶々を貼り、筆軸のようなものに入れて出したり引っ込めたりして遊ぶおもちゃを売っていました。

蝶々とまれや
菜の葉にとまれ

坊には今
買ってあげるよ

そらとまった

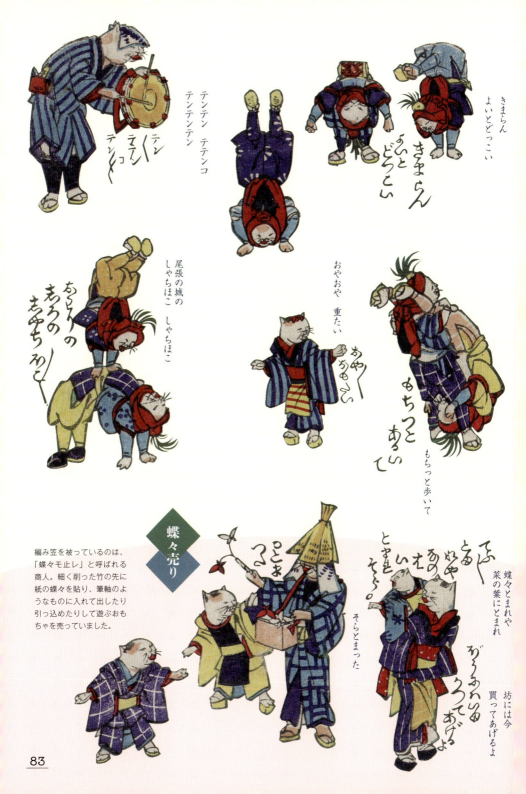

やアとこせエェ
よんやアな　アリヤラ
これは伊勢
このなんでもせエェ

沖の暗いに
白帆が見える
あれは

紀の国
みかん船　みかん船
やれこのこれはのさ

住吉踊り

飾り物のついた大きな傘に茜色《あかねいろ》の布を垂らし、そのまわりで謡《うた》ったり踊ったりしているのは住吉踊り。もともと大阪・住吉大社の神事での踊りでしたが、江戸時代には願人坊《がんにんぼう》主《ず》（僧形の芸人）らが伊勢音頭や豊年踊りなどを取り入れて、大道芸として演じました。

どこどこ
どんどんどんどん

かっぽれ
かっぽれ
甘茶でかっぽれ

しゃぼん玉売り

玉や　玉や
評判のたまやア
たまやア

大玉小玉がでること
でること

江戸時代からしゃぼん玉は子どもたちの人気の的。夏になると日傘をさしたしゃぼん玉売りが「玉や玉や」としゃぼん玉を吹きながら街でサボン粉（石鹸の粉）を売り歩きました。

花籠鞠《はなかごまり》

これは、どんつくとも呼ばれる花籠鞠の芸。太鼓や笛の音楽に合わせ、鞠が籠の中に入ったり空中に飛び上がったり。自由自在に操られる鞠を子どもたちが驚いて見ています。

やアア　あんな上へ
鞠がいった

いよオ　すてき滅法界に
投げたな

おもしろいねえ

自転車

このころはチェーンのない「ペニー・ファージング」（だるま車）で、速く走るために前輪が巨大化しました。

蒸気機関車

富士山と海を背景に走る蒸気機関車。鉄道開通から17年後の明治22年（1889）には東海道本線が全線開通しました。その美しい景色をアピールするように、ここでは東海道線から見える海と山の景色が描かれています。

志ん板くるまづくし

作者不詳 •明治26年（1893）

明治時代になると、街にさまざまな新しい乗り物が登場します。ここでは蒸気機関車や鉄道馬車、自転車、人力車、手車などが描かれ、そのまわりで子猫たちがはしゃいでいます。文明開化で現れたモダンな乗り物は子どもたちにとって乗ってみたくてたまらない憧《あこが》れの的だったに違いありません。運転をしている猫の顔はどこか誇らしげ。乗客は笑顔で楽しそうな表情です。

蒸気ポンプ

街を駆けぬける2台の赤い車は消防馬車。馬が引いている蒸気ポンプには、消防のための水が入っています。蒸気ポンプは従来の手押し式のものと比べると、数倍の性能をもっていました。

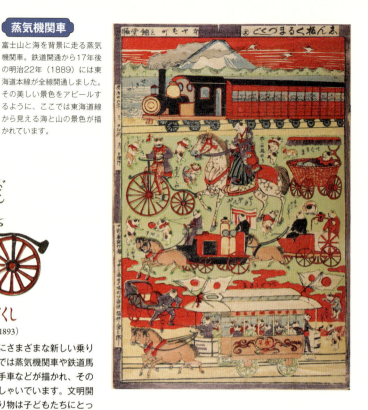

鉄道馬車

鉄のレール上を走る乗合馬車で、明治15年（1882）に新橋～日本橋間を運行したのがその始まりです。停留所はなく、客は手を挙げて合図して馬車に乗り、降りたいところを車掌に伝えて下車しました。

猫の馬乗り

羽織《はおり》袴《はかま》で正装した猫が楽しそうに馬に乗っています。達磨《だるま》や猫、風車など素敵な模様の羽織を着ていますが、これは当時の子どものおもちゃが描かれています。

人力車

明治3年（1870）に営業が始まり、たちまち全国に普及。当初は木の輪に鉄板を巻いた車輪でしたが、明治40年代からゴム輪に代わっていきます。

てぐるま（手車）

幌《ほろ》のついた乳母車《うばぐるま》に赤ちゃん猫が乗っています。近くには子猫をおんぶした母猫。それまで子どもを運ぶには背負うしかありませんでした。車を使って運ぶのは、さぞ画期的だったことでしょう。

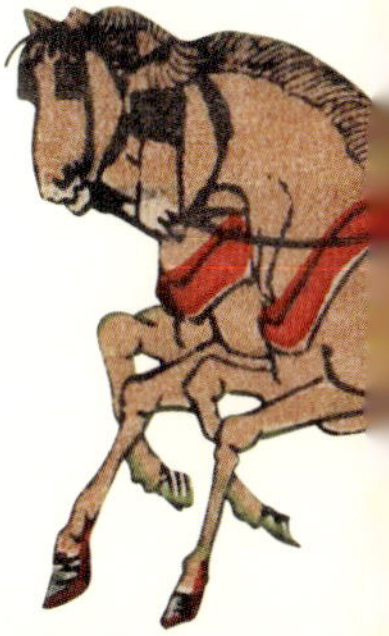

新板子供猫あそび
沢清板

新板子供猫あそび

作者不詳 •幕末~明治期

達磨《だるま》や狸《たぬき》の人形に脅《おど》かされて逃げまどう猫や、巨大な鼠《ねずみ》に遭遇して腰を抜かす猫もいれば、三味線に合わせて踊る遊興三昧《ゆうきょうざんまい》の猫もいます。人間の女の子たちは、猫を赤ちゃんのようにおんぶしたり、だっこしたり、鰹節《かつおぶし》を削ってご飯の用意をしたりとお母さん気取り。でも「あんよが上手」をされた猫は迷惑そうです。擬人化された猫たちは生き生きと描かれていて、今にも画面から飛び出しそうな勢いです。

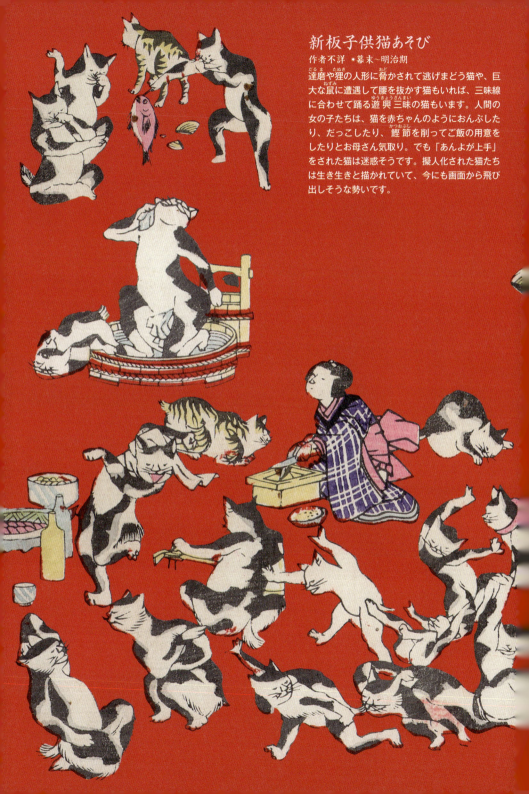

新板角カぢん句

（右上から左に）

京で島原　お江戸で吉原よ　いろを駿河《するが》の二丁町《にちょうまち》　アリャアリャアリャセ

出羽《でわ》で庄内《しょうない》　最上《もがみ》にかみの山　ここが会津の東山《ひがしやま》　アリャアリャアリャセ

姉もさしたがる　いもともさしたがる　同じ蛇《じゃ》の目《め》の唐傘《からかさ》を　アリャアリャアリャセ

かかもかかだよ　糸取《いとと》りやめて　とともとどだよ　昼ひなか　アリャアリャアリャセ

やぐら太鼓《だいこ》に　ふと目を覚まし　明日はどの手で　投げてやろ　アリャアリャアリャセ

たこにゃ骨がない　だるまにゃ足がない　なぜか私にゃ銭《ぜに》がない　アリャアリャアリャセ

月にむら雲　花には嵐《あらし》　思うおかたにゃ　ぬしがある　アリャアリャアリャセ

拙者《せっしゃ》この地に用事はないが　貴殿《きでん》見たさに　まかりこす　アリャアリャアリャセ

思い初《そ》めいの心の底を　言うて返事をきくのはな　アリャアリャアリャセ

ぬしの心と風見のからす　その日その日の風次第　アリャアリャアリャセ

すもうにゃ負けても　けがさえなけりゃ　ばんに私が負けてやる　アリャアリャアリャセ

べつちよかわらけだよ　したくてならぬ　人を横目にいたずらを　アリャアリャアリャセ

新板角力《すもう》だん句

四代歌川国政　●制作年不詳

相撲甚句《すもうじんく》は、花柳界ではやっていた甚句（民謡の一種）を相撲取りがお座敷で覚え、巡業の余興として唄ったものといわれ、江戸末期から明治にかけて流行しました。この甚句の歌詞は、各地の民謡の要素を取り入れながら作られています。座敷で唄い踊っている猫や、蛸《たこ》のおもちゃを手にする猫、相撲取りの猫など、歌詞と絵を比べながら見ていくと、より楽しめます。

志ん板猫のけいこ所おさらい

作者不詳　•明治29年（1896）

鰹節猫吉先生のもとで、三味線や唄を習う子どもたちの発表会が開かれています。入り口にはお酒やごちそうが届けられ、生徒やその家族が晴れ着を着て続々と集合中です。中ではお稽古をする先生と生徒。その奥では、発表会のご祝儀を届けて挨拶をする子やごちそうを食べる子どもたちがいて、華やかな雰囲気が漂います。階段を上ると2階では発表会の真最中。三味線に合わせて謡《うた》う子どもたちを、みな感心して見ています。

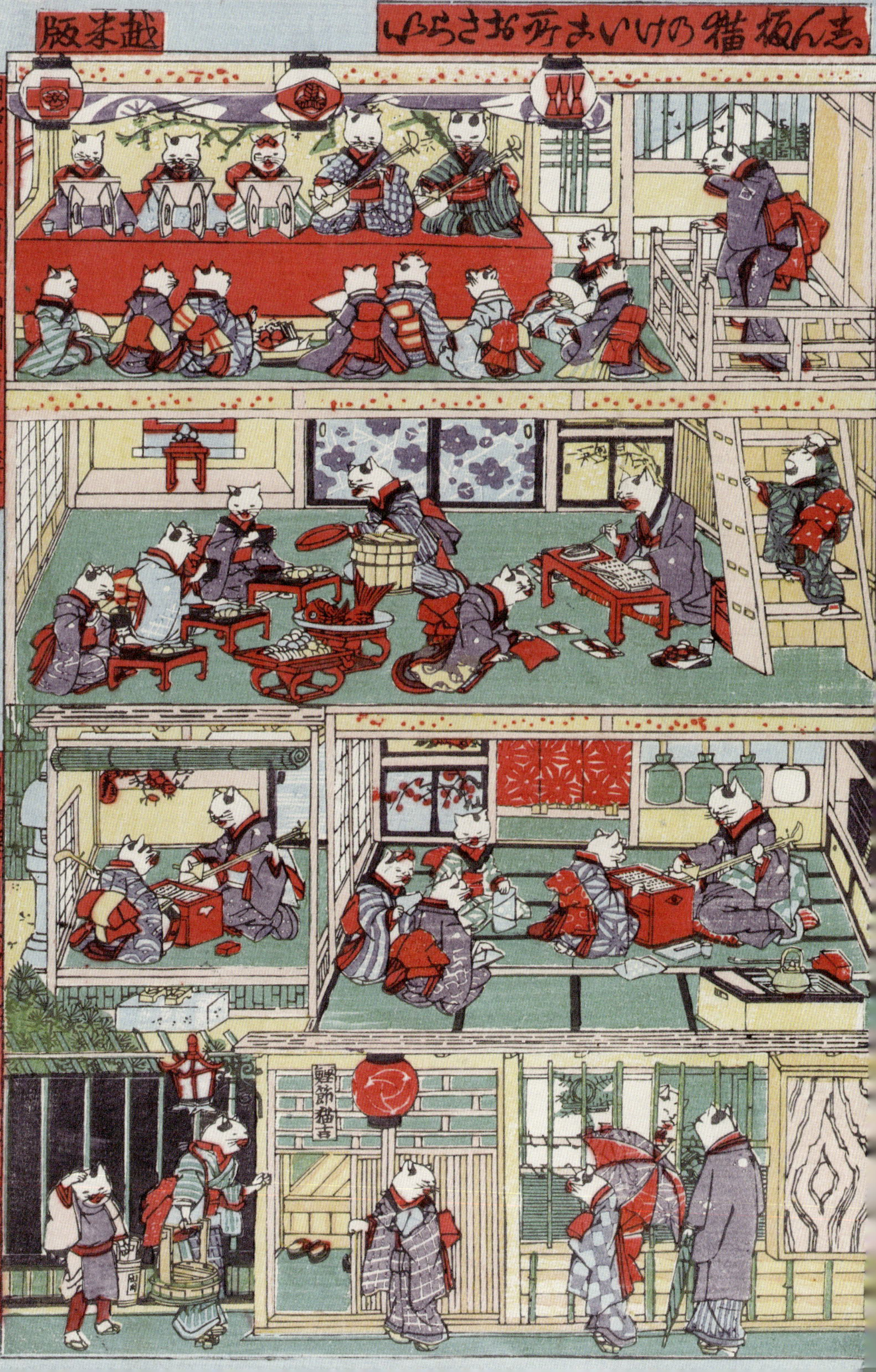

明治二十九年十二月廿日印刷 仝月廿五日発行
印刷兼発行者 日本橋区長谷川町二十番地 松野米次郎

志ん板猫の大かぶき

信輝《のぶてる》 ●明治期

大にぎわいの歌舞伎小屋。入り口では呼び込みの声につられて、たくさんの猫が集まっています。雑役係が茣蓙《ござ》のようなものを抱えていますが、これは半畳《はんじょう》と呼ばれる敷物。江戸時代はこれに座って芝居見物をしました。小屋の中では浄瑠璃《じょうるり》に合わせて芝居をしている最中ですが、お茶をついで回る係や、おしゃべりに興じる客、ちょろちょろ動き回ってしかられているらしい子どもの姿も見えます。

志ん板猫の大かぶき
辻亀板
信輝画
ちゃあちゃちゃんやあぁ
やまとやア
なりこまア
ばんばん
ばんばん
ばたばたばた
たいそう評判が
いいねえ
ただいま
浄瑠璃が
あきました
ひと幕のぞき
ましょう
さあ
いらっしゃい
いらっしゃい
たいそう
大入りだね

新吉原貸座敷繁榮之圖

驍齋貞房画

新吉原貸座敷繁栄之図

驥《き》齊《さい》貞《さだ》房《ふさ》　•明治20年（1887）8月

浅草からほど近い新吉原は江戸時代、官許の遊郭でしたが、明治5年（1872）に娼妓《しょうぎ》解放令が発せられると、「貸座敷」という形で営業を始めました。これは、娼妓が自分の自由意志で座敷を借りて商売をするというものです。図の下段には、従来と変わらず籬《まがき》（格子戸）の外から遊女の品定めをする男たち。軒下に灯籠が並ぶ2階では、遊女が鼓《つづみ》に合わせて踊ったり、客をもてなしたりと、貸座敷のにぎやかな様子が伝わってきます。

志ん板猫のよめ入

歌川芳藤 ●明治元年（1868）

若い男女がお見合いで出会い、互いに気に入って結納。結婚式をあげ、赤ちゃんが生まれてお宮参りをするまでを描いています。当時の婚礼の手順を描いた浮世絵は数多く制作されていますが、結納のお手伝いをしている猫がご祝儀をもらう算段をしたり、結納の衣装を選んだりと、さまざまな裏事情が見える興味深い作品です。

よい女じゃ

あれは うぶで ございます

お嬢さん ごらんなさい

よい殿御《とのご》じゃ

人品《じんぴん》のよい 人だ

おむこさんの 相談 よろしかろう と存じます

それはよい 縁で ございます

そんなら なにぶん 願います

この もんつきは 親類 まわりだよ

うれしいねえ

これは おめしかえの お小袖

あかどん ご祝儀は

しっかりだぜ

わしも もらうぜ

目出度《めでた》く 結納 おさめます

これは ごていねい

もう
あすこで
ございます

ふしぎな
ご縁で
ございます

これから
いろいろ
お世話に
なります

千秋万歳

お目でとう
ございます

なんにも
いき届き
ません

千代も
八千代も
変わりのう

早く出して
ください

お吸い物が
先へ
出ますか

私は今
寝ますよ

どなたも
お休み
なさりまし

今日は
おめでとう
さあ
おみ帯を
いたしま
しょう

間が悪い
ねえ

まことに
おかるくッて
おめでとう
ございります

どれどれ
まくりを
飲ませ
ようか

おやおや
よい男ねこ
さんで
ございます

たいそう
お太りで
ございます

たいそう
乳を
飲みますよ

おやおや
よいお子さん
だこと

もうお宮が
見えます

おとなしい
こと

お天気で
よいねえ

志ん板猫の御婚礼

歌川国利 ●明治時代

猫の結婚式の様子です。上方では親族だけで厳《おごそ》かに祝言が執《と》り行われ、その左側はお床入り。布団を前にお嫁さんが恥ずかしがっています。中段は宴会の真っ最中で、お酒を飲みすぎて「こりゃこりゃこりゃ」と踊りだしたり、「一二のどん」とゲームをしたり。雲行きが怪しくなってきたので、「お開きにしましょう」と声がかかります。下段はごちそうの準備で、みな忙しそう。猫の結婚式では鯛《たい》や蛸《たこ》の足がごちそうです。

はずかしい
めでたく
祝言の
お盃《さかずき》
千秋万歳
おめでたい
コリヤ
コリヤコリヤ
こう殺風景に
なっては困る
お開きお開き
ヤア
見そめてそめて
コリヤコリヤ
コリヤ
これは
おめでたい
もうお開きに
しましょう
オットおるぞ
一二のどん
煮えたよ
お酒の
いること
もう何時
だろう
燃えない
薪《まき》だ

千秋万歳
おめでたい
とそろって
そろって
コリャ

国芳《くによし》の猫浮世絵も！

木村荘八《しょうはち》から譲られた作品の中には、大人向けの浮世絵もありました。無類の猫好きとして知られる絵師・歌川国芳《くによし》（1797〜1861）と、その弟子である歌川芳藤《よしふじ》（1828〜87）の作品をご覧ください。

古猫妙術説《ふるねこみょうじゅつをとく》

歌川国芳 ●弘化4〜嘉永5年(1847〜52)

江戸中期の談義本（滑稽な読み物）『田舎荘子《いなかそうじ》』の中にある「猫之妙術」の一場面。勝軒《しょうけん》という剣術の達人の家に大鼠《ねずみ》がいたので鼠取り名人の猫たちに捕らせようとしましたが、まったく歯が立ちません。勝軒も木剣で打ち殺そうとして失敗。そこで、大名人猫に頼むと、あっさり退治してしまいます。猫たちが勝軒の家に集まり、大名人猫に妙術の極意を聞いている場面です。

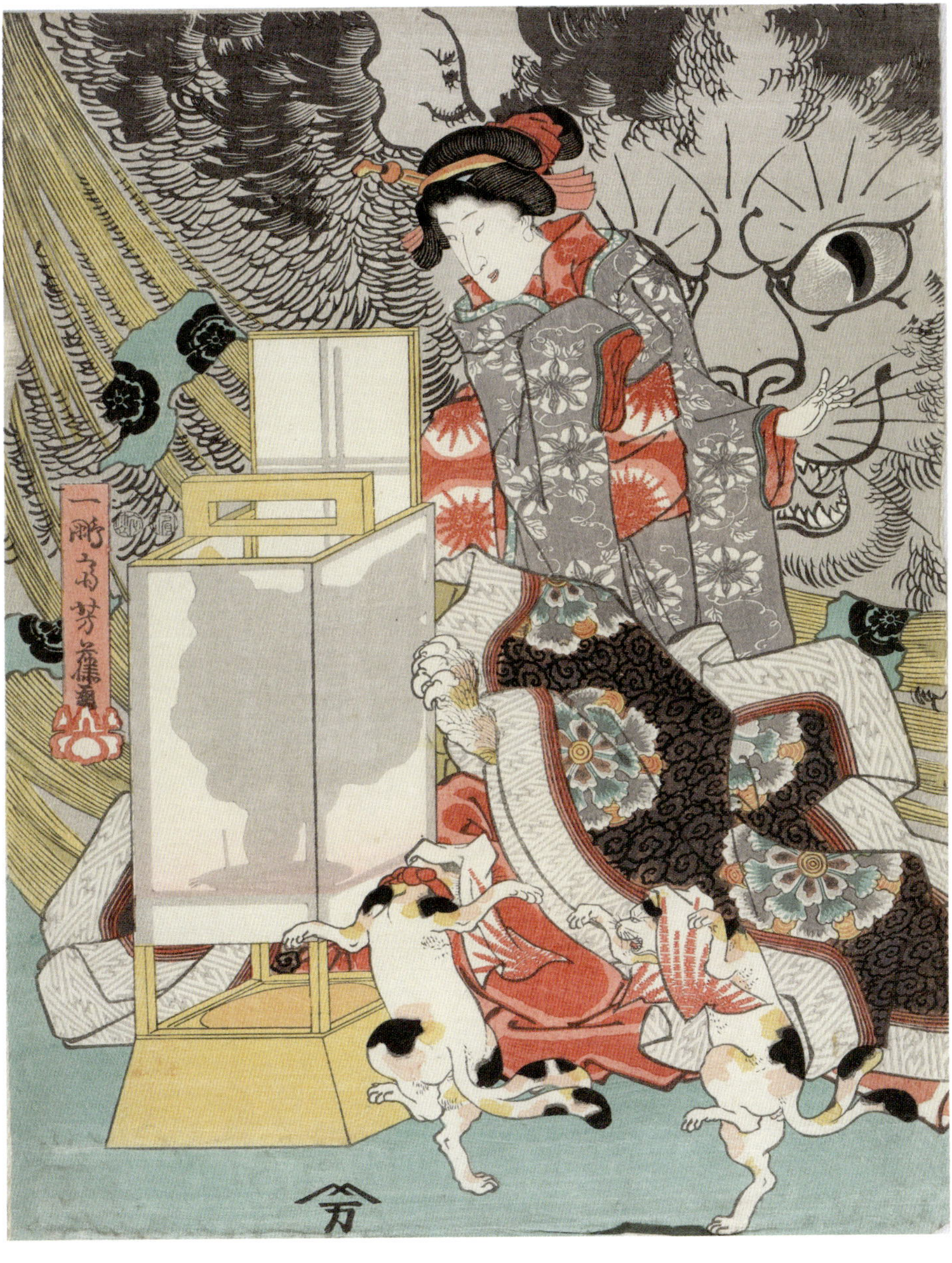

題名不詳

歌川芳藤 •弘化4年(1847)頃

破れた御簾《みす》から正面をじっと見据える大きな猫の顔。弘化4年に上演された歌舞伎「尾上梅寿一代噺《おのえきくごろういちだいばなし》」の猫石の精を描いたもので、続物の一枚です。行灯《あんどん》には油をなめる怪しい猫の影。そのまわりでは尻尾が割れた猫の妖怪「猫又《ねこまた》」が手拭いを被って踊っています。恐ろしい場面の中で、猫又たちのしぐさがかわいらしくて心がふとなごみます。

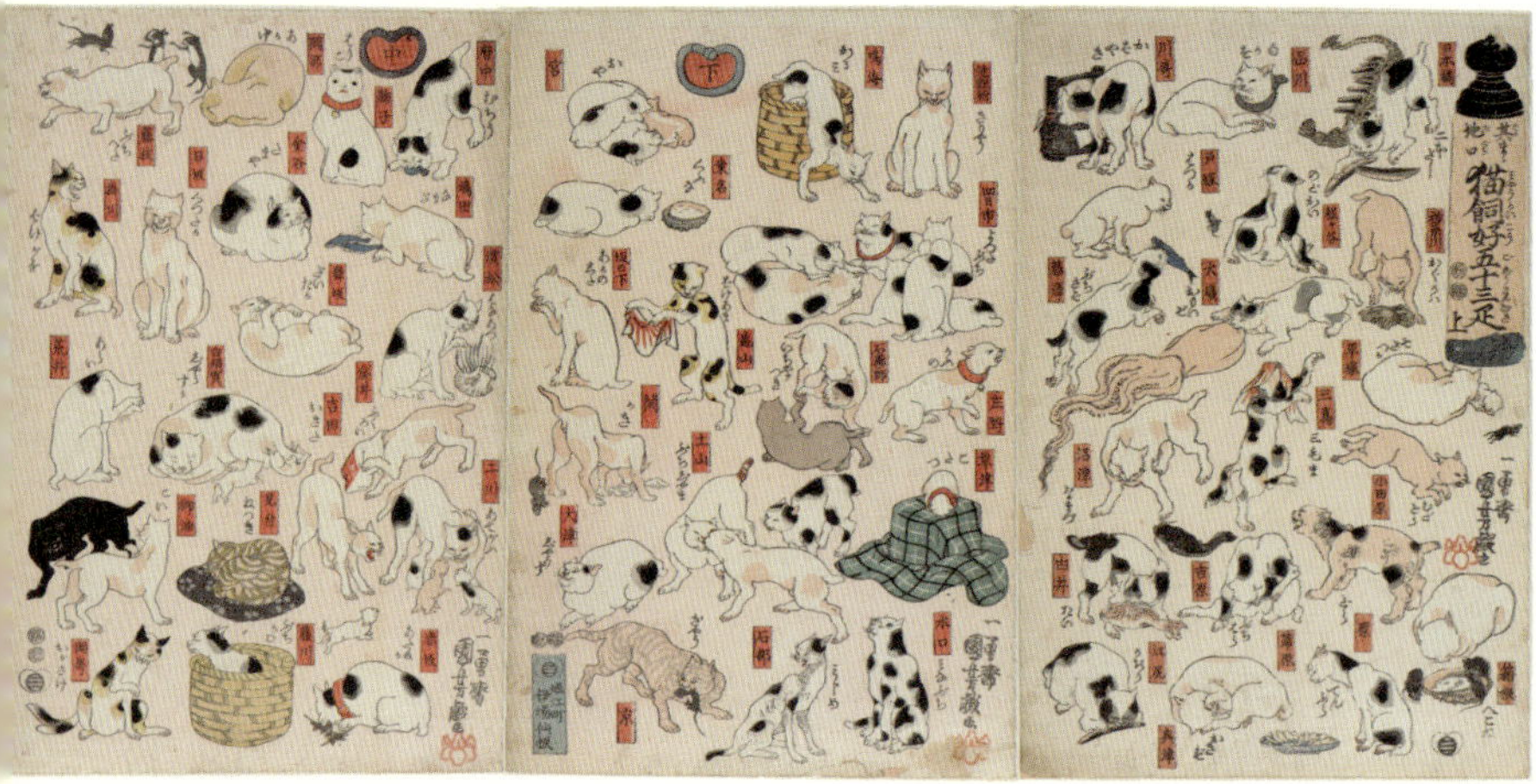

其《その》まゝ地口《じぐち》 猫飼好《みょうかいこう》五十三疋《ごじゅうさんびき》

歌川国芳 ●嘉永（1848~54）初期

「東海道五十三次」をもじったもので、東海道の各宿場名が猫に関する地口、今でいう駄洒落《だじゃれ》になっています。無理なこじつけもありますが、それも計算ずく。猫好きの国芳の遊び心が詰まった本作品を、どうぞじっくりお楽しみください。

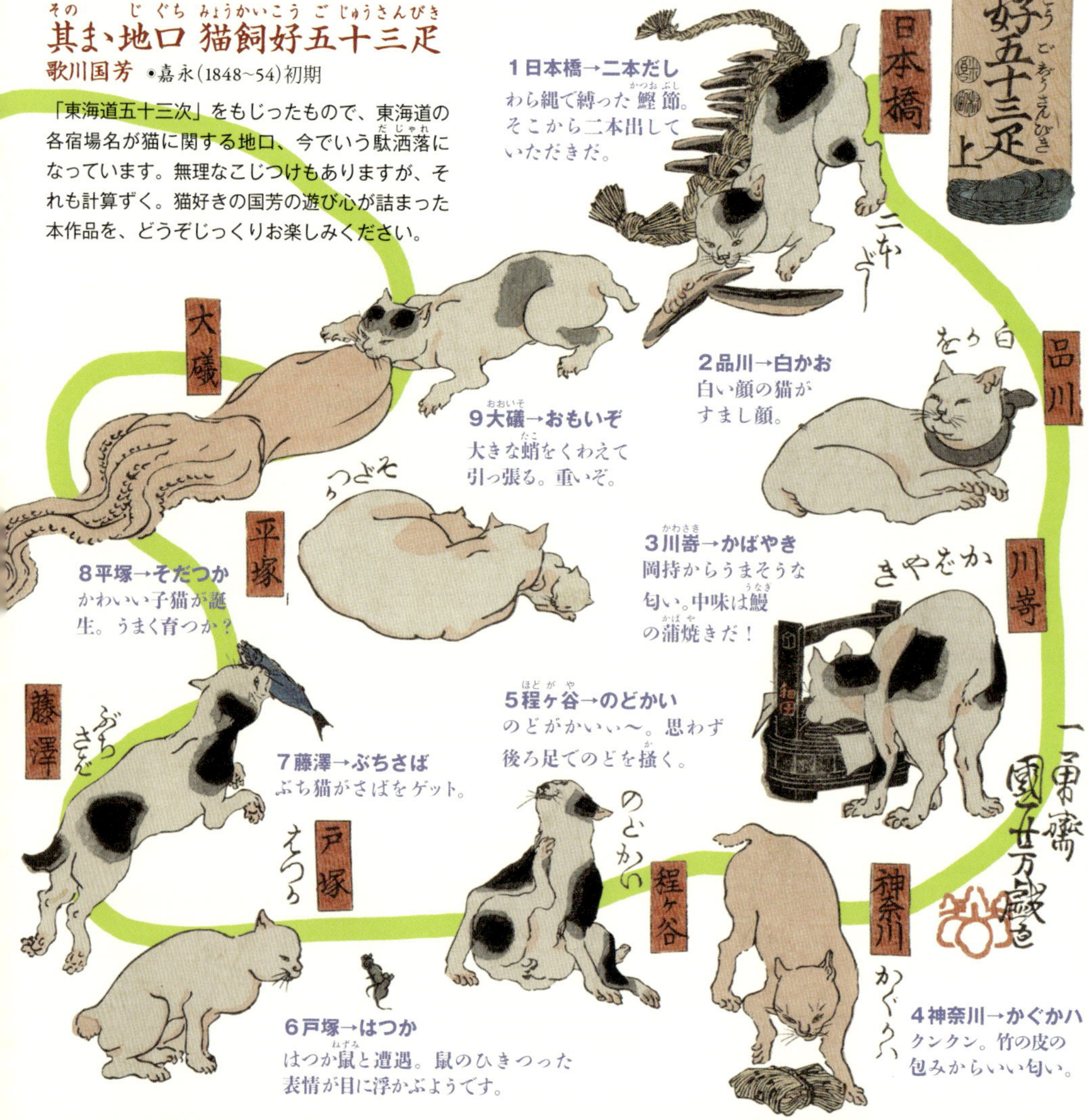

1日本橋→二本だし
わら縄で縛った鰹節《かつおぶし》。そこから二本出していただきだ。

2品川→白かお
白い顔の猫がすまし顔。

3川嵜《かわさき》→かばやき
岡持からうまそうな匂い。中味は鰻《うなぎ》の蒲焼《かばや》きだ！

4神奈川→かぐかハ
クンクン。竹の皮の包みからいい匂い。

5程ヶ谷《ほどがや》→のどかい
のどがかいい〜。思わず後ろ足でのどを掻《か》く。

6戸塚→はつか
はつか鼠《ねずみ》と遭遇。鼠のひきつった表情が目に浮かぶようです。

7藤澤→ぶちさば
ぶち猫がさばをゲット。

8平塚→そだつか
かわいい子猫が誕生。うまく育つか？

9大礒《おおいそ》→おもいぞ
大きな蛸《たこ》をくわえて引っ張る。重いぞ。

10 小田原→むだどら
鼠を捕まえられず、無駄走りのどら猫。

11 箱根→へこね
凹んで寝ている間に鼠にご飯を食べられてしまう猫。

12 三嶌《みしま》→三毛ま
手拭いを被って踊る三毛の魔物。尻尾が二つに裂けた「猫又《ねこまた》」です。

13 沼津→なまづ
なまずは猫の大好物。どうやって捕まえるか思案中。

14 原→どら
小汚くていかにも品行の悪そうな大きなどら猫。

15 吉原《よしわら》→ぶちはら
ぶち猫が腹をなめる。腹までぶち柄だ。

16 蒲原《かんばら》→てんぷら
目の前にたくさんの天ぷら。食べたら大目玉を食らいそう。

17 由井《ゆい》→たい
口にするのは赤い大きな鯛《たい》。これはすごい獲物だ。

18 奥津《おきつ》→おきず
寝てばかりいる猫。いや、猫てすから。

19 江尻→かじり
堅くて齧《かじ》りがいのある鰹節。

20 府中→むちう
大好きな魚に夢中。

21 鞠子《まりこ》→はりこ
すまし顔の張り子の猫。

22 岡部→あかげ
ぶちとか三毛とかいろいろですが、これは赤毛。

23 藤枝→ぶちへた
鼠捕りがへたなぶち猫。鼠にも笑われる。

24 嶋田→なまだ
焼き魚や煮魚もいいけど、今日のご飯は生魚。

25 金谷《かなや》→たまや
丸々太った「たま」。江戸時代の猫にありがちな名前です。

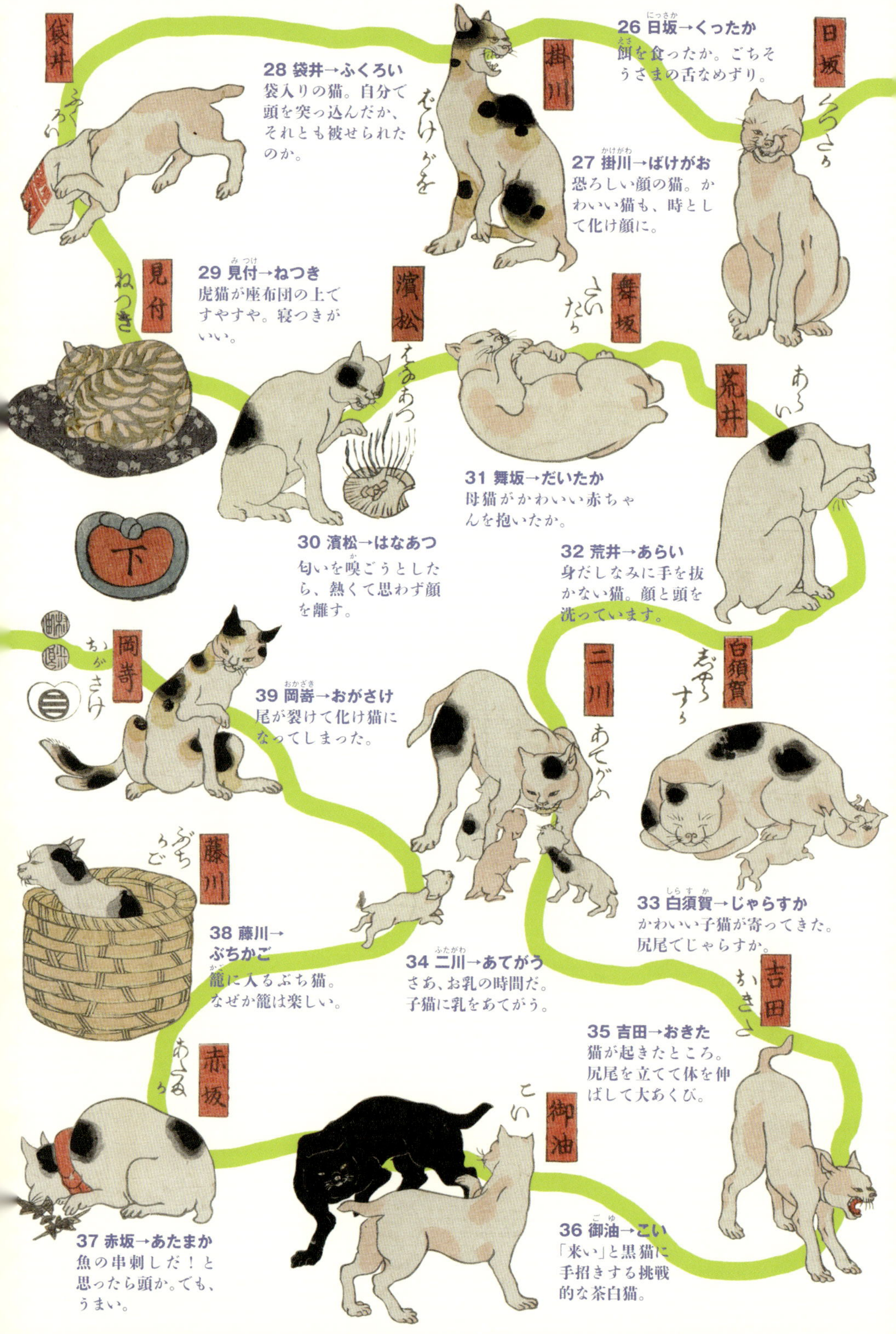

26 日坂《にっさか》→くったか
餌《えさ》を食ったか。ごちそうさまの舌なめずり。

27 掛川《かけがわ》→ばけがお
恐ろしい顔の猫。かわいい猫も、時として化け顔に。

28 袋井→ふくろい
袋入りの猫。自分で頭を突っ込んだか、それとも被せられたのか。

29 見付《みつけ》→ねつき
虎猫が座布団の上ですやすや。寝つきがいい。

30 濱松→はなあつ
匂いを嗅《か》ごうとしたら、熱くて思わず顔を離す。

31 舞坂→だいたか
母猫がかわいい赤ちゃんを抱いたか。

32 荒井→あらい
身だしなみに手を抜かない猫。顔と頭を洗っています。

33 白須賀《しらすか》→じゃらすか
かわいい子猫が寄ってきた。尻尾でじゃらすか。

34 二川《ふたがわ》→あてがう
さあ、お乳の時間だ。子猫に乳をあてがう。

35 吉田→おきた
猫が起きたところ。尻尾を立てて体を伸ばして大あくび。

36 御油《ごゆ》→こい
「来い」と黒猫に手招きする挑戦的な茶白猫。

37 赤坂→あたまか
魚の串刺しだ！と思ったら頭か。でも、うまい。

38 藤川→ぶちかご
籠《かご》に入るぶち猫。なぜか籠は楽しい。

39 岡嵜《おかざき》→おがさけ
尾が裂けて化け猫になってしまった。

40 池鯉鮒《ちりゅう》→きりやう
キリっとした表情でキメのポーズをとる器量よし。

41 鳴海《なるみ》→かるミ
猫は軽身。籠から出たり入ったり。

42 宮《みや》→おや
子猫と一緒に寝ている親猫。みんな幸せそう。

43 桑名→くふな
鮑《あわび》の殻に入った餌を前に、「食うな」。犬じゃないのでそんなの無理。

44 四日市→よったぶち
ぶち猫の寄り合い。

45 石薬師《いしやくし》→いちやァつき
２匹の猫が、いちゃいちゃとじゃれ合っています。

46 庄野→かふの
鈴付きの赤い首玉をつけたかわいい猫。「この猫飼うの」と言われた？

47 亀山→ばけあま
絞りの手拭いを手に踊る三毛猫。どうやら化け尼のようです。

48 関《せき》→かき
ぜいたくにも牡蠣《かき》にありついているところ。

49 坂《さか》の下→あかのした
赤猫が舌で手を舐《な》める。

50 土山《つちやま》→ぶちじゃま
２匹がいちゃついているところに、ぶち猫が割り込んで邪魔。

51 水口《みなくち》→ミなぶち
手も足もお腹《なか》も、体中どこもかしこもみんなぶち。

52 石部《いしべ》→ミじめ
痩せこけて汚らしいみじめな猫。

53 草津→こたつ
炬燵《こたつ》の上は猫のお気に入りの場所。寒い時期にはここに限る。

54 大津→じやうず
鼠《ねずみ》捕りが上手な猫。まず、じゃれて遊ぶ。

55 京→ぎやう
鼠を捕まえ、「ぎゃう」と言わせて東海道の終点「京」に到着。

おわりに——

大佛次郎の養女・野尻政子さんが語る「猫屋敷の内側」

大佛次郎夫妻には子どもがいなかったため、長兄（英文学者、「星の文学者」として活躍した野尻抱影《ほうえい》）の六女・政子さんが養女になりました。政子さんの目から見た大佛は、膝の上で猫が眠ってしまうと、用があっても可哀想《かわいそう》だからと立ち上がるのをやめるほど可愛がっていたのだとか。でも、けっして溺愛《できあい》ではなく、放任して、ありのままの姿を眺めるのが好きだったようです。

1971年（74歳）。『朝日=ラルース週刊世界動物百科』の取材で。その原稿「客間の虎」に、日本人が猫を美しいものと見てこなかったと嘆いています。浮世絵師の絵についても《あれだけ、人間の女体の美しさを見極めた画工たちが、猫については可憐さ美しさを見落としているか、描き損なっている》と述べているほどです。

陶器製で体高10・5㎝。底に、「横浜市馬車道通　文壽堂文具店」の札があります。

私が小さいとき、叔父（大佛次郎）の家に遊びに行って泊まると、冬は寒くて眠れなかったのを思い出します。猫の「通用口」が夜中でも、いつも開いていたからです。猫の臭いが部屋中に染みついていて、家の柱は猫の爪跡《つめあと》でいっぱいでした。昭和10年前後のことですが、大佛家の猫はそれほどたくさんいたということです。

私の父（野尻抱影）が叔父に向かって、こんなに飼ってどうするんだというと、兄さんは残酷なことをいう、と心底嘆いていました。父も、叔父と同じように猫が好きでしたが、猫の数も飼い方も私の家とは違っていたのです。叔父は猫の悪口をいわれると、本気で怒りました。

　このようなことで、私が猫を話題にすると、つい猫への苦情になってしまうので気が引けてしまいます。しかし、大佛家の猫について、いままで文章になっていない話も、ここに残しておくのも遺族の役目と思います。

　昭和48年4月30日、叔父は築地《つきじ》の病院で最期を迎えましたが、その4日前、叔母と私を病室に呼び、予告なしに遺言を伝えました。叔父は、実兄の六女である私を養女とし、同時に、大佛家の今後の猫の飼い方に注文をつけました。

猫は5匹以上に増やさない、ぜいたくをさせない、十分に食べられない人たちもいるのだから、と。当時、大佛家は、逗子《ずし》の小坪《こつぼ》からやってくる魚屋さんから新鮮な小アジを買い、これをオーブンで焼いて猫の常食としていたからです。

　この後者の遺言は死後、守られませんでした。昭和55年、母でもある叔母が亡くなったとき、12匹の猫が残されました。11匹は、眠らされて1匹ずつ玉ねぎの網の袋に入れられ、お手伝いさんの実家のある信州へ、引越しのトラックに載せられて引き取られていったのです。

（2006年・談）

土人形で体長8㎝。京都の伏見《ふしみ》人形、長崎の古賀《こが》人形と並び〝日本三大土人形〟といわれる、仙台の堤《つつみ》人形の「鯛《たい》くわえ猫」です。

1964年（67歳）。この年、日本経済新聞に「私の履歴書」を掲載しました。

1978年、猫に関するエッセイをまとめた『猫のいる日々』が六興出版から刊行されました（現在は徳間文庫）。装丁挿画は洋画家の猪熊弦一郎で、写真はカバーを広げた状態のものです。

大佛次郎略年譜

1897
（明治30年）
10月9日、神奈川県横浜市英町《はなぶさちょう》で野尻政助（日本郵船勤務）、ギンの3男2女の末子として生まれる。本名は清彦《きよひこ》。長兄・正英《まさふさ》は、のちに野尻抱影《ほうえい》の筆名で「星の文学者」として活躍。

1904／7歳
（明治37年）
横浜市太田尋常小学校に入学。1か月後、東京市牛込区に転居。津久戸尋常小学校に転校。5年後には芝区白金三光町に転居。

1918／21歳
（大正7年）
第一高等学校仏法科を卒業し、東京帝国大学法科大学政治学科に入学。

1920／23歳
（大正9年）
新劇協会による「青い鳥」上演に協力。出演した原田登里《とり》（芸名・吾妻光《てる》）と知り合い、翌年に結婚。卒業後は鎌倉高等女学校の教師となり、外務省にも嘱託勤務する。

1924／27歳
（大正13年）
前年の関東大震災を機に文筆に専念。娯楽雑誌『ポケット』に時代小説「隼の源次」を発表。鎌倉の大仏裏に住んでいたことから、「大佛次郎」のペンネームを使用する。同誌に鞍馬天狗の第一作「鬼面の老女」を発表し、好評を得る。

1927／30歳
（昭和2年）
「少年の為の鞍馬天狗　角兵衛獅子」を『少年倶楽部』、「赤穂浪士」を東京日日新聞に連載。

1929／32歳
（昭和4年）
鎌倉市雪ノ下の新居に転居、生涯の家となる。翌年、ノンフィクション作品「ドレフュス事件」を『改造』に連載。

1933／36歳
（昭和8年）
横浜を舞台にした小説「霧笛」を東京・大阪朝日新聞に連載。

1945／48歳
（昭和20年）
鎌倉の自宅で敗戦を迎える。「英霊に詫びる」を朝日新聞に発表。

1946／49歳
（昭和21年）
童話「スイッチョ猫」を『こども朝日』に発表。苦楽社を設立し、雑誌『苦楽』を創刊。

1948／51歳
（昭和23年）
「帰郷」を毎日新聞に連載。同作で1950年の芸術院賞を受賞。

1961／64歳
（昭和36年）
フランスでパリ・コミューン関係の資料を収集。「パリ燃ゆ」を『朝日ジャーナル』『世界』に連載。

1964／67歳
（昭和39年）
文化勲章を受章。鶴岡八幡宮の裏山や鎌倉の自然が、開発で破壊されつつある状況に対し、自然保護運動（ナショナル・トラスト運動）を提唱する。

1967／70歳
（昭和42年）
「天皇の世紀」を朝日新聞に連載。6年にわたって書き続けるが、73年4月25日に「病気休載」、絶筆となる。

1973／75歳
（昭和48年）
4月30日、東京・国立がんセンター病院で永眠。業績を記念し、優れた散文作品に贈られる大佛次郎賞（朝日新聞社）が創設される。

アーチ形の屋根と赤煉瓦が特徴。設計したのは、倉敷アイビースクエアや神奈川近代文学館などを手がけた浦《うら》辺《べ》鎮《しず》太郎《たろう》です。

故郷・横浜の、港の見える丘公園に立つ

大佛次郎記念館

大佛次郎の没後、蔵書や愛蔵品などが生地である横浜市に寄贈されました。大佛作品の『霧笛』や『帰郷』の舞台でもある山手に記念館が建設され、1978年に開館。書斎兼寝室が再現され、さまざまな資料とともに猫の置物も常時展示されています。大佛の蔵書を含む3万6000冊の図書を所蔵し、閲覧室もあります。会議室や和室を借りることも可能です。

●神奈川県横浜市中区山手町113　☎045-622-5002　時10:00～17:30（4～9月）、10:00～17:00（10～3月）　料200円　休月曜、年末年始ほか

会議室の窓には、大佛にちなんで猫のデザインが施されています。

ティールームの入り口前には、彫刻家・佐藤忠良《ちゅうりょう》による招き猫のブロンズ像が飾られています。

記念館に併設された「ティールーム霧笛」にも、大佛ゆかりの猫の置物や絵などが展示されています。酉子夫人直伝という生チーズケーキや、サンドウィッチが名物です。☎045-622-3781
時10:30～18:00　休記念館の休館日

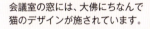

監修／大佛次郎記念館
（公益財団法人 横浜市芸術文化振興財団）
協力／野尻政子
資料協力／新藤 茂
おもちゃ絵解説／長井裕子

装幀・本文デザイン／北本裕章（播磨や）＋秋葉正紀

撮影／五十嵐美弥
校閲／小学館出版クォリティーセンター、小学館クリエイティブ
制作／池田 靖
資材／浦城朋子
制作企画／長島顕治
宣伝／井本一郎
販売／奥村浩一
構成・編集／秋窪俊郎

500匹と暮らした文豪
大佛次郎と猫

2017年2月22日　初版第1刷発行
2023年4月3日　第2刷発行

発行人　野村敦司
発行所　株式会社 小学館
〒101-8001
東京都千代田区一ツ橋2-3-1
電話　編集：03（3230）5414
販売：03（5281）3555

印刷所　図書印刷株式会社
製本所　株式会社 若林製本工場

©2017 Shogakukan　Printed in Japan
ISBN978-4-09-388535-5

●本書に掲載した写真で、著作権者が不明なものがあります。
お分かりになった場合は、編集部へご一報ください。

造本には十分注意しておりますが、印刷、製本など製造上の不備がございましたら「制作局コールセンター」（フリーダイヤル 0120-336-340）にご連絡ください。（電話受付は、土・日・祝休日を除く 9:30 ～ 17:30）

本書の無断での複写（コピー）、上演、放送等の二次利用、翻案等は、著作権法上の例外を除き禁じられています。

本書の電子データ化などの無断複製は著作権法上の例外を除き禁じられています。

代行業者等の第三者による本書の電子的複製も認められておりません。